PROFIL BAC

Collection créée par Georges Décote

Tous les matins du monde

Pascal Quignard (1991)
Alain Corneau (1991)

Fanny Deschamps

Certifiée de lettres modernes

Gérard Milhe Poutingon

Professeur à l'université de Rouen

Sommaire

© HATIER, Paris, août 2010 ISSN 0750-2516 ISBN 978-2-218-94469-7

ANNEXES

Les citations et les numéros de pages entre parenthèses renvoient à l'édition de référence: Pascal Quignard, *Tous les matins du monde*, © Gallimard, collection « Folio », 1991.

Maquette: Tout pour plaire
Mise en page: Ordiphone communication/Eloïse Mariotta
Édition: Luce Camus

FICHE PROFIL

Tous les matins du monde

Pascal Quignard (né en 1948)	Alain Corneau (né en 1943)
Roman (1991)	Film (1991)

RÉSUMÉ DU ROMAN

Au printemps 1650, alors que son mari joue au chevet d'un mourant, Mme de Sainte Colombe meurt. Inconsolable, M. de Sainte Colombe se consacre désormais entièrement à la musique. Il enseigne la viole à ses deux filles, Madeleine et Toinette. Très vite, tous trois donnent des concerts, auxquels assistent seigneurs et courtisans, parmi lesquels figure M. Caignet, violiste de Louis XIV.

Par l'intermédiaire de ce musicien, le roi demande à Sainte Colombe de jouer à la cour. Mais celui-ci refuse obstinément. Louis XIV ordonne aux courtisans de ne plus assister aux concerts des Sainte Colombe.

Sainte Colombe s'isole, joue des heures dans sa petite cabane. Sa femme défunte lui apparaît quelquefois. Il commande au peintre Baugin un tableau de la petite table à écrire près de laquelle est apparu le fantôme pour la première fois.

Un jour, un jeune homme, Marin Marais, se présente avec une lettre de recommandation. Il devient l'élève de Sainte Colombe, avant d'être renvoyé lorsque son maître apprend qu'il a joué à la cour. Madeleine, amoureuse, le rattrape et lui promet de lui enseigner tout ce que son père lui a appris. Les deux amants se retrouvent en cachette pour des leçons. Puis, devenu « musicqueur du roi », Marin la quitte après l'avoir trompée avec Toinette. Madeleine accouche d'un enfant mort-né.

Des années plus tard, gravement malade, elle demande à son père d'interpréter *La Rêveuse*, air naguère composé pour elle par Marin. Après la visite de Marin, Madeleine se pend. Marin, obsédé par les airs dont lui avait parlé Madeleine, se dissimule la nuit près de la cabane pour écouter les compositions de son ancien maître. Une nuit, le vieil homme lui ouvre sa porte. Ils vont chercher la viole de Madeleine et jouent jusqu'à l'aube.

PERSONNAGES PRINCIPAUX DU ROMAN ET DU FILM

– **Monsieur de Sainte Colombe:** joueur de viole, musicien talentueux et professeur réputé. C'est un homme brusque, maladroit dans l'expression de ses sentiments. Un père exigeant, sévère, mais aimant. Grand et maigre, il n'accorde aucune importance à l'apparence. Il ne fait pas le deuil de son épouse.

– **Marin Marais:** fils de cordonnier, il choisit de faire carrière dans la musique après son renvoi de la chantrerie du roi. Il cherche avant tout à prendre une revanche sociale. Sa passion pour la musique aura finalement raison de son ambition, puisqu'il finira par retourner auprès de Sainte Colombe, son maître.

– **Madeleine:** fille aînée de Sainte Colombe. Pleine de sagesse et de gravité, joueuse de viole, elle est très proche de son père. Éperdument amoureuse de Marin, elle l'aide à perfectionner sa technique musicale. Abandonnée par le jeune homme, elle se suicide.

– **Toinette:** fille cadette de Sainte Colombe. Très expressive, d'un tempérament joyeux, elle n'hésite pas à s'opposer à son père et à manifester de la colère. Elle se marie et a cinq enfants.

CLÉS POUR LA LECTURE DU ROMAN ET DU FILM

1. La musique comme langage: la viole apparaît comme le moyen d'expression idéal pour exprimer les sentiments et pour communiquer avec les êtres chers.

2. Le leitmotiv de la mort: la mort est omniprésente dans le récit. On la retrouve dans le destin de certains personnages, dans la nature morte, voire dans la conception que Pascal Quignard se fait du langage.

3. Le passé: Sainte Colombe vit dans le passé. Les souvenirs nourrissent son œuvre. Ce thème doit être associé à celui de la fuite du temps présent.

4. La vanité: Sainte Colombe rejette les vanités mondaines, par opposition à Marin Marais, qui cherche avant tout à prendre une revanche sociale et à retrouver sa place à la cour.

Lexique de l'analyse filmique

Angle de prise de vue: place de la caméra par rapport au sujet (plongée, contre-plongée, vision frontale).

Auricularisation interne: son correspondant à ce qu'entend un personnage en particulier.

Bande son: elle se compose de la voix, des bruits (humains et extra-humains) et de la musique.

Cadrage: il détermine l'échelle du plan, sa composition interne et l'ange de prise de vue.

Caméra objective/subjective: l'action est vue par un observateur étranger à l'action (il en est le témoin) ou par un personnage de l'histoire.

Champ: partie de l'espace montrée à l'écran.

Contre-champ: espace opposé au champ.

Contre-plongée: prise de vue effectuée quand la caméra est positionnée en dessous du sujet.

***Cut*:** simple juxtaposition de deux plans.

Découpage: division du film en séquences, sous-séquences (appelées parfois « scènes ») et plans.

Diégèse: du grec *diegesis*, signifiant « histoire », la diégèse est l'ensemble des événements racontés.

Échelle des plans: échelle établie par rapport à la taille des personnages, qui permet de définir les différents plans. On distingue:
- le *plan général*: il cadre un paysage;
- le *plan d'ensemble*: il cadre un lieu avec un (ou des) personnage(s);
- le *plan de demi-ensemble*: il cadre le (ou les) personnage(s) dans un lieu;

– le *plan moyen* : il cadre un personnage en entier ;
– le *plan américain* : il cadre un personnage des cuisses à la tête ;
– le *plan rapproché taille/buste* : il cadre le personnage à partir de la taille ou du buste ;
– le *gros plan* : il cadre la tête du personnage ;
– le *détail/insert* : il cadre un détail du personnage ou d'un objet.

Extérieurs : lieux de tournage situés exclusivement en dehors des studios ou des décors intérieurs.

Focale : distance entre le foyer optique de l'objectif et le plan du film. La courte de focale est inférieure à 50 mm.

Fondu : obscurcissement ou éclaircissement progressif d'une image. Il en existe trois types :
– le *fondu au noir* : obscurcissement plus ou moins rapide d'une image jusqu'au noir ;
– le *fondu au blanc* : éclaircissement avant que l'image suivante n'apparaisse ;
– le *fondu-enchaîné* : superposition de la fin d'un plan avec le début du plan suivant.

Générique : placé au début et/ou à la fin du film, il en indique le titre, les acteurs, les techniciens et les fournisseurs.

Grand angulaire : objectif de courte focale donnant un angle large et une grande profondeur de champ. Les effets obtenus par son utilisation sont : l'exagération des perspectives, l'accélération de la vitesse des déplacements, l'éloignement des objets.

Hors-champ : partie de l'espace qui n'est pas montrée à l'écran.

Intérieurs : lieux de tournage situés exclusivement en studio ou dans des décors intérieurs.

Montage : choix et assemblage des plans d'un film.

Ocularisation interne : plan correspondant à la perception de l'espace par un personnage. Le spectateur voit ce que voit le personnage.

Off : mot anglais signifiant « hors de », abréviation de *off screen* (en dehors de l'écran). Le son off vient d'une source invisible à l'écran, située dans un autre temps et dans un autre lieu.

Panoramique : mouvement de la caméra qui pivote sur son axe horizontalement ou verticalement, tandis que le pied reste fixe.

Plan : portion de film enregistrée au cours d'une prise de vue. Après le montage, portion de film entre deux collures.

Plan-séquence : réalisation d'une séquence en un seul plan.

Plongée : prise de vue effectuée quand la caméra est positionnée au-dessus du sujet.

Profondeur de champ : zone de netteté dans l'axe de la prise de vue.

Raccord : manière de juxtaposer deux plans lors du montage (raccord de regard, de geste, de mouvement…).

Scénario : description de l'action d'un film contenant dialogues et indications techniques.

Séquence : ensemble de plans qui constituent un ensemble narratif défini selon une unité de temps et de lieu, voire d'action. Elle correspond à l'acte théâtral ou au chapitre de roman. Elle est constituée de sous-séquences (appelées parfois « scènes »).

Travelling : déplacement de la caméra de l'arrière vers l'avant ou inversement (travelling avant/arrière) ou déplacement horizontal de la caméra (travelling latéral).

Vococentrisme : au cours du mixage, opération consistant à augmenter le volume de la voix du ou des personnages sur lesquels on veut attirer l'attention, au détriment des autres sources sonores.

Volet au noir/simple : image balayée par un cache noir ou une autre image.

Découpage du film

Les lieux sont ainsi indiqués: *Extérieur* ou *Intérieur* suivis du lieu précis (ex.: *Intérieur*. Cabane). La musique est notée en italique. Marin Marais est le narrateur. Sa voix off est omniprésente. Lorsqu'il raconte des événements qui n'apparaissent pas à l'image, le résumé de l'histoire apparaît en italique et entre guillemets dans le texte.

GÉNÉRIQUE (6 min 20)

Marin Marais fait sa leçon

Musique: sonnerie de Sainte-Geneviève-du-Mont de Paris (Marin Marais). L'écran noir sert de toile de fond à la musique. On entend des violes de gambe, puis, en voix off, un professeur de musique. Le nom du producteur (Jean-Louis Livi) apparaît en rouge. Ouverture en fondu au noir.

Intérieur. Salon de la cour. Gros plan sur Marin Marais. Les divers noms de la distribution se succèdent, en lettres capitales rouges, sur le côté de l'image. D'autres voix off de professeurs se font entendre. Marin Marais impose le silence. Il demande une viole. Il joue, s'arrête, puis ordonne aux élèves de s'asseoir pour écouter sa leçon. Il réclame l'obscurité. Amer, usé par les années, il se remémore son maître, M. de Sainte Colombe, dont il s'apprête à louer le génie.

SÉQUENCE 1 (3 min 55)

L'enfermement dans la musique

1. La mort de Mme de Sainte Colombe

Musique. Marin Marais raconte les circonstances du décès de Mme de Sainte Colombe (voix off). Intérieur. Une chambre obscure.

Sainte Colombe joue de la viole au chevet d'un mourant, qui avait souhaité mourir « avec un peu de vin de Puisey et de musique ».

Extérieur. Cour du château. De retour chez lui, une servante accourt à sa rencontre et lui annonce le décès de sa femme.

Intérieur. Chambre. Sainte Colombe reste muet, impassible, face au corps de sa défunte épouse.

2. L'impossible deuil

Extérieur. Divers plans du château. *« Monsieur de Sainte Colombe ne se consola pas. Il composa* Le Tombeau des regrets. *Il enseignait la viole. Il était janséniste. Il avait deux filles. »*

Extérieur. Plan d'eau. Les deux filles de Sainte Colombe, Madeleine et Toinette, pêchent. Une servante les invite à venir écouter la leçon de M. de Bures.

Intérieur. Salle du château. Madeleine écrit une leçon, Toinette tourne distraitement les pages d'un livre sous le regard de son professeur.

Intérieur. Salle du château. *Musique* : *Une jeune fillette (mélodie populaire, arrangement Jordi Savall).* Les deux fillettes chantent, accompagnées à la viole par leur père et par M. de Bures.

Intérieur. Écurie. *« Le souvenir de sa femme ne s'amoindrissait pas. Peu à peu, il condamna sa porte. »*

Extérieur. Cour du château. Sainte Colombe se sépare de son cheval. *« Il s'enferma dans la musique. »*

Intérieur. Salle du château. Les deux fillettes chantent.

SÉQUENCE 2 (3 min 55)

La cabane

Extérieur. Divers plans de la cabane. *Fin du chant.* Sainte Colombe fait construire une cabane dans son jardin pour y jouer et composer.

Intérieur. Château. Sainte Colombe rassemble le nécessaire : plumes, cahier, partitions. Ses deux filles et la servante l'observent puis l'aident à porter la viole et deux tabourets.

Extérieur. Château puis cabane. Les filles et la servante accompagnent Sainte Colombe jusqu'à la cabane et posent les tabourets et la viole. Elles le laissent seul. Toinette l'observe au loin. Madeleine l'appelle puis reste un instant avec sa sœur à le regarder.

Intérieur. Cabane. Sainte Colombe se sert un verre de vin, puis joue. *Musique : Les Pleurs (Sainte Colombe), version viole seule de Jordi Savall. « Il passait des heures entières dans sa cabane à perfectionner l'art de la viole. »*

SÉQUENCE 3 (4 min 08)

L'éducation des filles

Intérieur. Cellier du château. « *Sainte Colombe redoute de ne pas savoir éduquer seul ses deux filles. Il les enferme dans le cellier quand il en ressent la nécessité.* » La servante vient chercher les deux filles, punies par leur père. Madeleine est triste. Toinette, en colère, frappe la servante.

Intérieur. Château. Sainte Colombe joue aux cartes avec sa fille aînée, Madeleine. Il écrase un insecte que sa fille cadette, Toinette, vient de lui apporter.

Intérieur. Chambre des deux filles. *« Il était plein d'embarras. » La musique cesse.* Toinette crie. Elle se réveille d'un cauchemar. Son père arrive, s'installe sur son lit et tapote ses jambes en chantonnant. Toinette lui demande où se trouve sa mère. Il répond qu'il regrette leur mère et les assure de son amour paternel. Il ne sait ni parler ni éprouver de la joie.

Intérieur. Cuisine du château. Madeleine s'occupe du linge. Toinette fait des bulles au coin du feu. *« Il s'isolait de plus en plus et ses filles le voyaient de moins en moins. »*

Intérieur. Cabane. Sainte Colombe joue de la viole. Il note dans son cahier des airs musicaux. *Musique : Les Pleurs (Sainte Colombe), version viole seule de Jordi Savall.*

SÉQUENCE 4 (3 min 20)

L'apprentissage de la viole

Intérieur. Salle du château. *Musique. Gavotte du Tendre (Sainte Colombe).* Sainte Colombe enseigne la viole à Madeleine. Toinette, recroquevillée sous une fenêtre, s'ennuie. Elle vient perturber la séance. Son père la punit: il l'emmène au cellier.

Extérieur. Sainte Colombe se rend chez un luthier, au pont de la Dauphine.

Intérieur. Chez le luthier. Ce dernier présente plusieurs essences de bois à Sainte Colombe. Il définit les dimensions de la future viole de Toinette.

Extérieur. Jardin du château. À Pâques, la fillette découvre avec joie sa viole empaquetée. *Musique: Le Retour, concert à deux violes (Sainte Colombe). « Pendant plusieurs années, les Sainte Colombe vécurent dans la paix et pour la musique. »*

SÉQUENCE 5 (6 min 56)

Le rejet de la cour

1. Les concerts des Sainte Colombe

Intérieur. Dans le château. *Les Sainte Colombe font des concerts de viole que les seigneurs affectionnent.* Les deux filles jouent avec leur père devant une assemblée de seigneurs. Madeleine et son père jouent en duo. Toinette les observe. Deux courtisans, dont un musicien, remarquent le génie de Sainte Colombe. *La musique cesse.*

2. Les sollicitations de la cour

Extérieur. La cabane. Un membre de la chambre du roi vient demander à Sainte Colombe de venir jouer à la cour. Sainte Colombe refuse et le met dehors, sans ménagement, le poussant dans les escaliers du jardin. Le courtisan promet de revenir.

Extérieur. Château. « *Le courtisan revint avec un abbé.* » Un carrosse arrive au château.

Intérieur. L'abbé tente de convaincre Sainte Colombe, qui perd patience et brise une chaise.

SÉQUENCE 6 (7 min 05)

La revenante

1. Les souvenirs de sa femme

Extérieur. Jardin du château. Les filles jardinent. Madeleine retourne la terre, Toinette plante des graines. *« Le roi demande à ses courtisans de ne plus assister aux concerts des Sainte Colombe, qui n'en donnent plus qu'un seul par saison. »*

Intérieur. Cabane. *Sainte Colombe note de moins en moins ses compositions dans son cahier.* Sainte Colombe, assis derrière sa table, prépare son archet pour jouer. Il dégrafe son col, sort de sa cabane.

Extérieur. Jardin du château. Chemin puis lac. Sainte Colombe marche sur un chemin de terre et rejoint une barque. Il grimpe dedans puis touche l'eau. *« Souvent, il pensait à sa femme. »* Il pénètre à pied dans le lac... *Musique : Les Pleurs (Sainte Colombe), version viole seule de Jordi Savall.* Sainte Colombe disparaît dans l'eau. *La musique cesse.*

Écran noir. « Un jour, il rêva qu'il pénétrait dans l'eau obscure et qu'il y séjournait. Au réveil, il se souvint du Tombeau des regrets. *Il eut très soif aussi. »*

2. L'apparition

Intérieur. Cave. Sainte Colombe allume une bougie et se sert un verre de vin.

Intérieur. Cabane. Il joue *Le Tombeau des regrets. Musique : Fantaisie en mi mineur (anonyme* XVIIe *siècle, Jordi Savall).* Sa femme apparaît. Il pleure, ferme les yeux. Quand il les rouvre, elle a disparu. Le verre de vin est entamé, une gaufrette a été émiettée. La musique cesse. Plan sur une nature morte. *« D'autres apparitions suivirent. Sainte Colombe demanda à un peintre de faire une nature morte représentant la carafe de vin, le verre et les gaufrettes. Il mit le tableau dans sa chambre. »*

Intérieur. Chambre de Sainte Colombe. Il est debout, admire le tableau puis rejoint son lit. Il s'allonge, apaisé.

SÉQUENCE 7 (7 min 37)

La rencontre de Marin Marais et de Sainte Colombe

Extérieur. Château. Marin Marais, jeune, se rend chez Sainte Colombe. Il nettoie ses chaussures dans l'herbe puis avance vers la porte.

Intérieur. Les filles et leur père, assis à une table, écoutent le jeune homme. Marin Marais, debout, raconte son histoire. Il donne une lettre de recommandation à Sainte Colombe. Celui-ci lui demande de jouer un air. Le jeune homme s'exécute. *Passage musical : improvisation sur les Folies d'Espagne (Marin Marais).* Sainte Colombe refuse de compter Marin Marais parmi ses élèves. Toinette proteste et demande que le jeune homme joue l'une de ses compositions. Marin Marais obéit. *Passage musical : L'Arabesque (Marin Marais).* Toinette, enthousiaste, applaudit. Sainte Colombe demande au jeune homme de revenir dans un mois. Il lui donnera alors sa réponse.

SÉQUENCE 8 (4 min 14)

Marin Marais devient l'élève de Sainte Colombe

Extérieur. Jardin. Les deux filles écoutent la musique qui s'échappe de la cabane.

Intérieur. Cabane. Sainte Colombe joue *L'Arabesque* du jeune Marin Marais face au fantôme de son épouse.

Extérieur. Château. Marin Marais attend devant la porte du château. Madeleine lui ouvre la porte, le corsage dégrafé et les cheveux dénoués. Elle l'emmène à la cabane.

Intérieur. Cabane. Marin joue. Sainte Colombe accepte d'être son maître, non pour ses qualités de musicien, mais pour sa « douleur ».

Extérieur. Marin Marais repart. Il surprend Madeleine nue auprès du lac. Elle se cache. Il poursuit son chemin.

SÉQUENCE 9 (4 min 59)

La visite au peintre

Intérieur. Château. « *Les mois passèrent. Un après-midi où il faisait très froid, ils se réfugièrent dans la cuisine.* » Au coin du feu, Sainte Colombe discute avec Marin Marais. Il lui parle de son tableau puis d'un peintre, M. Baugin. Tout en parlant, Marin Marais observe Madeleine, isolée dans un coin de la pièce. Sainte Colombe décide d'aller rendre visite au peintre.

Extérieur. Tempête. Marin Marais et Sainte Colombe marchent dans la tempête. Ce dernier demande à son élève de prêter attention aux sons.

Intérieur. Atelier du peintre. Sainte Colombe et Marin Marais partagent un repas tout en observant le peintre au travail. Sainte Colombe commente sa manière de peindre, ses sujets (les natures mortes) et le son de son pinceau. Le peintre vient s'attabler avec eux. Il échange quelques mots avec Sainte Colombe sur l'art, sur l'or.

Extérieur. Nuit. Sainte Colombe et Marin Marais rentrent chez eux. Marin Marais essaie de définir l'essence de la vraie musique et fait une proposition à Sainte Colombe. Le maître la rejette et se sépare brusquement de son élève.

SÉQUENCE 10 (3 min 25)

Marin Marais est congédié

Extérieur. La cabane. Sous la pluie, Sainte Colombe pousse son élève hors de sa cabane.

Intérieur. Une salle du château. Les deux hommes se retrouvent dans le château pour la leçon. Sainte Colombe est furieux car Marin Marais a joué à la cour. Il demande à son élève de jouer. Ce dernier met du temps à s'exécuter. Le maître perd patience et brise la viole de Marin Marais. Il lui donne une bourse pour le dédommager puis le congédie.

Extérieur. Château. Marin Marais repart, furieux et contrarié. Madeleine court après lui. La pluie a cessé. Madeleine rattrape le jeune homme. Elle lui promet de lui apprendre tout ce qu'elle sait. Ils s'embrassent. *Musique : Le Badinage (Marin Marais).*

SÉQUENCE 11 (6 min 22)

La liaison de Marin Marais et Madeleine de Sainte Colombe

1. Marin Marais voit Madeleine en cachette

Intérieur. Chambre de Madeleine. *Madeleine et Marin Marais se retrouvaient régulièrement en cachette.* La jeune fille apprend à Marin Marais à perfectionner sa technique et son art. Ils jouent de la viole, s'embrassent.

Extérieur. Cabane. Elle l'invite à écouter son père en cachette, sous la cabane. Madeleine embrasse le jeune homme, qui écoute attentivement.

2. Marin Marais est musicien à la cour

Extérieur. Cabane. Orage. « *Quand Marin Marais eut vingt ans, il fut engagé à la cour.* » Marin Marais est sous la cabane avec Madeleine. Il pleut. Marin Marais éternue. La musique cesse. Sainte Colombe surgit de la cabane et fait sortir l'intrus de sa cachette. Il le gifle. Madeleine avoue son amour. Jardin. La pluie a cessé. Sainte Colombe, Marin Marais et Madeleine discutent dans le jardin. Sainte Colombe demande à Marin Marais s'il veut épouser sa fille. Le jeune homme ne sait pas. Sainte Colombe évoque sa propre vie passionnée.

SÉQUENCE 12 (5 min)

Sainte Colombe à Port-Royal

Intérieur. Abbaye. *À Pâques, Sainte Colombe est invité à jouer à un office par les Messieurs de Port-Royal. Musique : Troisième Leçon de ténèbres à deux voix (François Couperin).* Un enfant éteint un à un les cierges. Sainte Colombe range sa viole. « *Sainte Colombe pensa à sa femme et au regret de ne pas avoir été présent lors de sa mort.* » Sa femme est à ses côtés et lui parle.

Extérieur. Abbaye. Ils prennent un carrosse.

Intérieur. Carrosse. Elle parle.

Extérieur. Arrivés au château, il propose à sa femme de l'aider à descendre. Elle ne peut accepter ce contact charnel.

Extérieur. Bord du lac. Elle l'accompagne jusqu'au bord du lac. Elle monte dans une barque. Il lui parle. Elle disparaît. *La musique cesse.*

SÉQUENCE 13 (19 min 37)

La rupture

Intérieur du château. Couloir. « *Marin Marais venait moins. Madeleine lui confiait que son père jouait des airs exceptionnels.* » Les deux amants sont ensemble quand Sainte Colombe appelle sa fille. Elle laisse son amoureux. Toinette sort d'une pièce. Elle demande à Marin si elle lui plaît. Il lui répond par un baiser sur le front. Cuisine. Madeleine et Marin ne se parlent presque pas. Toinette arrive, enthousiaste : elle a pêché un poisson. Elle regarde Marin. Il lui sourit. Chambre de Madeleine. Les deux amants font l'amour. Marin quitte Madeleine. « *Madeleine s'affaiblit tant qu'elle s'alita. Marin Marais l'avait engrossée.* » *Musique : La Rêveuse (Marin Marais).*

SÉQUENCE 14 (1 min 40)

Le dialogue avec la revenante

Intérieur. La cabane. « *Madeleine accoucha d'un enfant qui était mort-né.* » Sainte Colombe fait face au fantôme de son épouse. *La musique cesse.* Il s'interroge sur son apparition, sur son éventuelle folie. Elle le rassure. Il évoque sa souffrance de ne pas pouvoir la toucher mais elle lui répond qu'elle n'est que du vent. Il émiette une gaufrette. « *Madeleine tomba gravement malade.* »

SÉQUENCE 15 (18 min 45)

La dépression et le suicide de Madeleine

1. L'ultime cadeau de Marin Marais

Extérieur. « Marin Marais voit régulièrement Toinette pour prendre des nouvelles de sa sœur. » Il apporte une paire de chaussures à Toinette pour Madeleine.

Intérieur. Chambre de Madeleine. *Musique : La Rêveuse (Marin Marais).* Madeleine, en chemise de nuit, affaiblie, jette les chaussures dans le feu. Toinette se précipite pour les récupérer et les ranger dans une boîte.

2. La maladie de Madeleine

Intérieur. Chambre de Madeleine. *« Marin Marais cessa de venir et perdit de vue les Sainte Colombe. Toinette se maria et eut cinq enfants. Marin devint ordinaire de la chambre du roi, et épousa Catherine Damicourt. »* Plan d'ensemble, puis plan américain sur Madeleine, les yeux creusés par la maladie, allongée sur son lit.

3. Sainte Colombe au chevet de sa fille

Plusieurs plans sur le lac et la cabane se succèdent. Intérieur de la cabane. Sainte Colombe est dans sa cabane, des pommes pourrissent sur une table. Il ne joue pas.

Intérieur. Chambre de Madeleine. La musique cesse. *« Monsieur de Sainte Colombe venait près du lit de sa fille sans pouvoir lui parler. »* Madeleine lui demande de jouer *La Rêveuse*, un air composé pour elle par Marin Marais. *« Sainte Colombe demanda à sa fille Toinette d'aller chercher Marin Marais. » Musique : Marche pour la cérémonie des Turcs (Jean-Baptiste Lully).*

Extérieur. Le château. Madeleine fait les cent pas, en chemise de nuit, à la nuit tombante.

4. Marin Marais quitte la cour pour revoir une dernière fois Madeleine

Intérieur. Un salon du château de Versailles. Marin Marais dirige l'orchestre de Lully. Un domestique lui apporte un billet sur un plateau. Sans s'interrompre, il le lit et répond : « Non ».

5. Madeleine se pend

Extérieur. Le château. *La musique de Lully cesse.* Un carrosse arrive au château des Sainte Colombe. Toinette en sort, accompagnée de Marin Marais.

Intérieur. La chambre de Madeleine. Marin s'assoit à côté du lit de Madeleine. Toinette les laisse tous les deux. Ils discutent. Madeleine se lève avec difficulté. Elle l'accuse d'avoir menti sur son amour et lui demande de jouer. Il l'aide à rejoindre son lit. Toinette apporte une viole et il joue. Madeleine demande à Marin de ralentir le rythme. Après avoir joué *La Rêveuse*, il la quitte. *Musique: La Rêveuse (Marin Marais).* Madeleine, de sa fenêtre, regarde Marin et sa sœur repartir. Elle prend le ruban de l'un des souliers qu'il lui avait offerts et se pend.

SÉQUENCE 16 (3 min 02)

Le mutisme et la perte d'inspiration de Sainte Colombe

Extérieur. Le château. *« Tous les matins du monde sont sans retour. » La musique cesse.*

Intérieur. Le château. Sainte Colombe, seul dans sa chambre, regarde son tableau, sa nature morte. Il s'assoit au bord de son lit, l'air abattu. *« Sainte Colombe resta muet pendant six mois et ne toucha plus sa viole. »* La salle à manger. Sainte Colombe mange seul dans la cuisine. Il sort, d'un pas lent, l'air abattu.

Extérieur. Le château. Il rejoint sa cabane. *« Marin Marais fut hanté par Madeleine. Il se remémorait les œuvres dont elle lui avait parlé. Il ne supportait pas l'idée que celles-ci soient perdues. »*

Intérieur. La cabane. Sainte Colombe s'installe à sa table. *« Marin Marais regretta de ne pas avoir entendu ces œuvres, ne serait-ce qu'une fois. »* Bruit de hennissement de cheval.

La leçon

1. Marin Marais revient à la cabane

Extérieur. Versailles. La cour. « *Marin Marais quitta la cour et se rendit nuitamment chez les Sainte Colombe durant trois ans.* » Marin Marais est à cheval, il se rend à la cabane.

Extérieur. La cabane. Il emprunte les sentiers d'autrefois pour aller écouter son ancien maître. Il observe Sainte Colombe à travers la porte de la cabane. Il attend, assis sur une marche. Sainte Colombe parle seul. Il entrecoupe sa musique de petits monologues. Marin revient régulièrement...

2. La leçon de viole

Extérieur. La cabane. « *L'an 1689, la nuit du 23e jour, Marin Marais se dit que peut-être ce soir Sainte Colombe jouera un de ces airs...* » Alors que Marin Marais est assis sur les marches de la cabane, écoutant, Sainte Colombe émet le souhait de partager sa musique. Marin Marais gratte à la porte. Sainte Colombe lui ouvre la porte. Les deux hommes échangent quelques mots. Marin Marais entre dans la cabane.

Intérieur. La cabane. Marin Marais demande une dernière leçon. Sainte Colombe accepte. Les deux hommes dialoguent sur la nature de la musique, ce qui fait son essence. Sainte Colombe accepte de confier à Marin Marais quelques-unes de ses œuvres.

Intérieur. Le château. Ils vont chercher du vin et la viole de Madeleine. Sainte Colombe place aussi quelques gaufrettes dans un plat. L'une d'elles tombe.

Extérieur. Marin soutient Sainte Colombe et le raccompagne à la cabane.

Intérieur. La cabane. Ils ouvrent ensemble le livre de Sainte Colombe à la page du *Tombeau des regrets*, le parcourent puis le referment. Ils se servent du vin. Ils jouent *Les Pleurs*, une pièce du *Tombeau. Musique: Les Pleurs (Sainte Colombe), version à deux violes.*

La vision de Marin Marais

Intérieur. À la cour. Marin Marais, âgé, la tête baissée, pleure. Ses élèves l'écoutent. Certains pleurent. Il relève la tête et voit devant lui la silhouette de Sainte Colombe, qui lui dit éprouver de la fierté à lui avoir enseigné la viole et lui demande de jouer *La Rêveuse.* Marin s'exécute. *Musique: La Rêveuse (Marin Marais).* Écran noir.

Le générique de fin, en lettres rouges, défile sur la musique interprétée par Marin Marais. Fin de la musique, bien après les dernières inscriptions.

PREMIÈRE PARTIE

Résumé et repères pour la lecture du roman et du film

D'un point de vue diégétique, le film est relativement fidèle au roman. Seules quelques différences apparaissent dans l'ordre de présentation des faits et dans le développement de certaines scènes. Nous avons donc choisi de présenter le résumé de l'action pour le roman et le film, puis de noter les particularités du film.

GÉNÉRIQUE DU FILM

La leçon de musique de Marin Marais

RÉSUMÉ

Avant la première image, on entend le son d'une viole, puis celui d'une voix qui demande d'ouvrir les rideaux. Les premiers noms apparaissent donc sur un fond noir, en lettres rouges. La première image est un gros plan de Marin Marais (Gérard Depardieu), somnolant et fatigué. C'est aussi le seul et unique plan de cette séquence. Les inscriptions du générique continuent d'apparaître sur la droite alors qu'on entend des voix hors-champ s'entremêler autour du musicien. Des professeurs de viole s'adressent à leurs élèves, leur reprochent leur manière de jouer. Marin Marais ouvre les yeux et parle. Il s'assoupit de nouveau. Les voix reprennent. Marin proteste, réclame de « l'ombre » et ordonne qu'on lui donne une viole. Il joue, s'interrompt plusieurs fois... On lui reprend sa viole. Une voix congédie les élèves, mais Marin s'insurge et demande qu'on ferme les volets. Il commence alors le récit de la vie de son maître, M. de Sainte Colombe.

REPÈRES POUR LA LECTURE DU GÉNÉRIQUE

Le générique est une séquence qui ne correspond à aucun chapitre du roman. Pendant que les noms apparaissent, le portrait de Marin Marais, âgé, est dressé.

La musique

Avant même qu'une seule image n'apparaisse, on entend la musique, sujet du film. Rien n'en perturbe la perception. Cette musique est très vite entrecoupée, interrompue par les voix de professeurs qui estiment détenir le savoir. Ces professeurs sont sous l'autorité de Marin Marais, qui préside cette leçon de musique. Les professeurs, réduits à de simples voix, égrénant clichés et banalités, apparaissent comme les métaphores de la cour, monde artificiel et imbu de soi. Face à ces courtisans satisfaits, Marin Marais, vieil homme usé et amer, est rongé par la honte de ne pas avoir compris les leçons de son maître et d'avoir raté sa vie de musicien (« je suis un imposteur », « j'ai ambitionné le néant, j'ai récolté le néant »). Il s'oppose au savoir courtisan parce qu'il a compris, au terme de sa vie, que cette « connaissance » (qu'il semble pourtant avoir transmise) résulte de l'outrecuidance et de l'orgueil. C'est pourquoi il réfute chaque déclaration sur l'essence de la musique. Il sait que le but de celle-ci n'est pas d'« emporter l'âme », de « faire perdre le sens », de créer « la douceur ». En cela, il se comporte comme Sainte Colombe, qui l'avait contredit sur ses conceptions musicales. Parvenu au terme de sa vie, Marin Marais répète exactement la leçon de son maître.

L'ombre et la lumière ou le clair-obscur

Le générique du film met aussi en évidence la thématique de l'ombre et de la lumière, du clair-obscur, en relation avec l'opposition entre musique authentique et musique factice. On ouvre les rideaux puis on les referme, sous les ordres de Marin, car la clarté est incompatible avec la « vraie » musique. Les diverses interruptions de Marin Marais jouant sur sa viole témoignent de cette difficulté à jouer en plein jour. Si Marin réclame l'obscurité lorsqu'il parle de son maître, M. de Sainte Colombe, c'est parce que l'obscurité est indissociable de l'austérité, de la sobriété de la véritable musique, langage pur qui se passe de tout ornement et de toute pompe. La pénombre souligne en outre l'émotion de Marin à l'évocation du génie de son maître. *A contrario*, la lumière frontale et le décor d'un salon Louis XIV servent de cadre à des élèves jouant avec raideur et brutalité une musique à la limite de la cacophonie.

De cette pénombre, associée à l'austérité du génie musical, émerge un homme lumineux. Lorsqu'il parle de Sainte Colombe, Marin Marais multiplie les images de lumière : « Lui, il était la musique. Il a tout regardé du monde avec la grande *flamme* du *flambeau* qu'on *allume* en mourant » (nous soulignons). Marin Marais associe son maître à la lumière, non pas du soleil, mais de la bougie, du « flambeau ». Sainte Colombe est donc une lumière dans l'ombre, dans l'obscurité propice à la vraie musique. L'association de Sainte Colombe et de cette sorte de lumière constitue un thème récurrent du film. De nombreux plans présentent le maître à côté d'une flamme : devant le lit de mort de son épouse, lorsqu'il joue aux cartes avec Madeleine ou encore quand il joue de la viole.

Le point de vue de Marin Marais

Le film pose la question du point de vue. Dans le roman, le point de vue est celui du narrateur, omniscient. Mais, dans le film, il s'agit du point de vue d'un personnage. Sa voix off ponctue le récit filmique, compense les ellipses temporelles, commente les événements et en donne des dates précises. Elle assure en outre la fidélité au roman car, lorsque les images n'illustrent pas le récit romanesque, c'est cette voix qui cite le texte de Quignard.

La voix off n'est pas toujours vraisemblable. Il est en effet improbable que Marin ait eu accès si précisément à la conscience et aux sentiments de son maître. Mais, en rattachant le récit à Marin, le film souligne le lien unissant ce dernier à Sainte Colombe. Ce lien se nourrit en particulier d'une fonction mémoriale : c'est grâce à la renommée de Marin Marais que le nom du génial musicien est connu. Le film souligne ainsi un paradoxe : la vraie musique est incompatible avec le monde mais, en même temps, elle a besoin de la société pour exister.

LE ROMAN ET LE FILM

CHAPITRE PREMIER (pages 9 à 13)/SÉQUENCE 1

La mort de Madame de Sainte Colombe

RÉSUMÉ

Au printemps 1650, Mme de Sainte Colombe meurt. Son mari reste inconsolable. Il compose à cette occasion *Le Tombeau des regrets*. M. de Sainte Colombe a deux filles et vit dans une maison qui donne sur la Bièvre. Il enseigne la viole. Monsieur de Bures, un homme qui fréquente Port-Royal, enseigne aux fillettes les lettres, les mathématiques et l'histoire sainte. Sainte Colombe, lui, les initie à la musique.

Le souvenir de sa femme est toujours présent. Il regrette de ne pas avoir été là lors de son décès (il jouait au chevet d'un mourant). Rongé par le chagrin et la culpabilité, il s'enferme dans la musique et joue jusqu'à quinze heures par jour dans une cabane qu'il a fait construire. Novateur, il ajoute une corde à sa viole, trouve une meilleure position pour jouer et perfectionne la technique de l'archet.

Particularités du film

Le film consacre une séquence entière à la cabane. La séquence 2 montre sa construction et l'installation de Sainte Colombe qui, aidé de ses deux filles et de la cuisinière, y transporte quelques affaires (tabourets, nécessaire pour écrire).

REPÈRES POUR LA LECTURE DU ROMAN ET DU FILM

La présence de la mort

D'emblée, que ce soit dans le roman ou dans le film, la mort occupe une place primordiale. La première phrase du roman (« Au printemps de 1650, Madame de Sainte Colombe mourut », p. 9) évoque la mort de l'épouse, et le début du film est consacré à la mort de M. Vauquelin. Ce dernier apparaît d'abord associé à Sainte

Colombe par le plan de demi-ensemble. Puis il apparaît dans un plan américain. Cette dernière prise de vue présente l'agonie.

La différence entre le roman et le film permet de respecter l'ordre chronologique des événements : dans le livre, le récit de la mort de M. Vauquelin est une analepse ; en revanche, dans le film, il correspond au premier plan de la séquence 1. En outre, dans le film, la mort frappe davantage les esprits, car nous assistons à l'agonie de Vauquelin ; dans le roman, ces décès sont évoqués avec rapidité et sobriété.

Le thème de la mort confère au roman une tonalité mélancolique, correspondant aux sentiments du protagoniste, indiqués dès le premier paragraphe : « Monsieur de Sainte Colombe *ne se consola pas* de la mort de son épouse » (p. 9 ; c'est nous qui soulignons). On retrouve cette tonalité dans le film, où la voix off commente les émotions de Sainte Colombe, et où le comédien affiche constamment un visage triste et austère.

Le dialogue musical

Les débuts du roman et du film insistent sur l'importance de la musique dans la vie de Sainte Colombe et de ses deux filles (Sainte Colombe « enseignait la viole », « c'était un maître réputé », p. 10). Cette importance est soulignée dans le film par la longueur des plans concernant le chant des fillettes. En outre, ce chant occupe la fin de la séquence 1. Il sert aussi de fond sonore aux différents plans sur la vente du cheval. Le chant des filles de Sainte Colombe permet ainsi de lier les événements entre eux, de créer une unité.

La musique permet au père de dialoguer avec ses filles, d'entretenir une relation avec elles. La seule mention de relation filiale dans le roman est l'enseignement des notes et des clés (p. 10). Dans le film, les filles se trouvent aux côtés de leur père uniquement dans des scènes musicales. La musique crée donc aussi un lien entre le père et ses filles. Le regard de Sainte Colombe s'éclaire d'ailleurs ponctuellement lorsque celles-ci chantent.

LE ROMAN ET LE FILM

CHAPITRE II (pages 14 à 20)/SÉQUENCES 2 ET 3

Le portrait de Sainte Colombe et ses filles

RÉSUMÉ

Sainte Colombe s'avère maladroit dans l'expression de ses sentiments, brusque avec ses filles, qu'il enferme dans la cave ou le cellier pour les punir. Elles le voient peu et vivent auprès de la cuisinière, Guignotte, de M. Pardoux et de M. de Bures. Sainte Colombe aime toutefois jouer aux cartes avec elles et, si elles pleurent la nuit, il leur chante un petit air. Misanthrope, il n'aime ni la compagnie des gens, ni celle des livres, restant la plupart du temps enfermé dans sa cabane, qu'il appelle sa « vorde ».

Particularités du film

Le film consacre une séquence entière à la cabane. La séquence 2 montre sa construction et l'installation de Sainte Colombe qui, aidé de ses deux filles et de la cuisinière, y transporte quelques affaires (tabourets, nécessaire pour écrire). La séquence 3 transpose les faits résumés ci-dessus.

REPÈRES POUR LA LECTURE DU ROMAN ET DU FILM

L'importance des sons

Le roman est marqué par une attention particulière aux sons. La description de l'environnement (p. 14) est faite d'indications sonores : « le claquement des sabots », « le cliquetis des éperons sur les pavés », « les cris », « le bruit singulier » de l'écrasement des cerfs-volants et des hannetons. On reconnaît là l'oreille du musicien qui écrit (→ PROBLÉMATIQUE 1). La relation à la réalité est médiatisée par le son (de même que la relation de Sainte Colombe à ses filles s'effectue par le truchement de la musique).

Le film accorde lui aussi une importance considérable aux détails sonores. Les bruitages sont nombreux, renvoyant le plus souvent à des bruits relevés dans le roman. Par exemple, le « claquement des sabots » (p. 14) est un son que l'on entend à plusieurs reprises dans le film : lorsque Sainte Colombe vend son cheval (fin de la séquence 1), quand Marin Marais quitte la cour pour se rendre à la cabane (séquence 17), ou encore quand le courtisan accompagné d'un abbé vient demander à Sainte Colombe de jouer à la cour (séquence 5, sous-séquence 2).

Le film s'attarde en outre sur des plans qui réfèrent à une description sonore du roman, comme le moment où Sainte Colombe écrase l'insecte que Toinette lui apporte. L'insistance de Quignard sur le lent craquement qui se produit « sous la pression régulière du métal » est traduite par un gros plan sur le bougeoir écrasant l'insecte.

Une relation privilégiée avec Madeleine

Madeleine est une enfant grave, très proche de son père. Cette proximité se révèle notamment lors des colères de Sainte Colombe – elle est alors « comme un vaisseau qui chavire et qui coule » (p. 19) – ou lorsqu'il dit être content d'elle parce qu'elle est « la plus sage » (p. 16). Toinette, plus expressive, réagit violemment lorsqu'elle est punie (elle « ressemblait par le caractère, au fur et à mesure qu'elle grandissait, à Madame de Sainte Colombe », p. 19). Elle est aussi plus légère et plus joyeuse que sa sœur. Cette opposition de caractère rejoint la différence entre les deux prénoms. *Madeleine* évoque sainte Marie-Madeleine, *disciple* du Christ, représentation d'une féminité sacrée. Le prénom *Toinette*, quant à lui, semble un raccourci d'Antoinette ; il est doté du suffixe *-ette*, à valeur féminisante, mais qui peut évoquer le suffixe homonyme à valeur diminutive (présent, par exemple, dans *cigarette*) – le personnage possède d'ailleurs une « *petite viole* ». Comme si ces effets de réduction étaient destinés à créer une opposition avec les exigences de pureté et d'élévation de Sainte Colombe incarnées par Madeleine.

Cette complicité entre Madeleine et son père est accentuée dans le film. Toinette apparaît comme une enfant indisciplinée, fixant son père d'un air de défi quand il s'installe dans sa cabane, frappant la cuisinière qui vient la chercher dans le cellier, grignotant une gaufrette qu'elle a cachée sous son cahier pendant une leçon de M. de Bures... Madeleine, elle, respecte à la lettre les recommandations de son père (elle porte « la » viole, elle s'occupe du linge, etc.). Alors que sa sœur fait des bulles de savon, symbolisant la légèreté, l'insouciance, voire la vanité, Madeleine aide la cuisinière. Cette attitude respectable lui attire toutes les sympathies de son père, avec lequel elle joue, seule, aux cartes (le roman mentionne qu'il jouait avec ses deux filles). Cette séquence est l'occasion de montrer la préférence de Sainte Colombe pour Madeleine, par le contact qu'il établit en lui caressant doucement la main lorsqu'il reprend les cartes sur la table. Cette préférence sera aussi soulignée lors du concert (séquence 5), où Sainte Colombe fait un duo avec Madeleine.

La cabane et la création

Dans le film, la construction et l'installation de la cabane occupent une place importante alors que, dans le roman, la cabane est un lieu qui existe déjà. Le film présente donc cette construction comme une conséquence du décès de l'épouse. La cabane renforce l'isolement de Sainte Colombe – isolement souligné par le fait que ses filles et la cuisinière le laissent faire seul son installation.

Cette cabane est un lieu idéal pour la création : isolé, loin du « monde » et proche de l'eau. Sainte Colombe l'appelle sa « vorde », d'« un vieux mot qui désigne le bord humide d'un cours d'eau sous les saules » (p. 20). Ce mot rattache la cabane à l'eau, mais aussi et surtout à l'idée d'un espace intermédiaire (le *bord* du cours d'eau, la rive).

Cette proximité avec l'eau est primordiale. Toute l'œuvre de Quignard est marquée par le thème de l'eau, celle des rivières, des sources, des origines... L'eau permet à l'homme de renouer avec son état originel, celui de fœtus. L'être humain a subi le traumatisme de naître, d'être séparé de l'état de pureté des origines. La proximité avec l'eau permet de retrouver cet idéal, où le langage est individuel.

En outre, la cabane étant assimilée à un espace intermédiaire, elle est un endroit favorable pour trouver un langage authentique. Car la vocation de tout langage est d'être un intermédiaire, un outil de médiation. La musique est ce langage.

LE ROMAN ET LE FILM

CHAPITRE III (pages 21 à 24)/SÉQUENCE 4

La viole de Toinette

RÉSUMÉ

Sainte Colombe enseigne la viole d'abord à Madeleine. Toinette, jalouse, entre dans de violentes colères. Son père lui fait alors confectionner une viole sur mesure, qu'elle découvre avec bonheur, un matin de Pâques, dans le jardin. Très vite, les Sainte Colombe donnent des concerts à trois violes, que les seigneurs apprécient particulièrement.

CHAPITRE IV (pages 24 à 27)/SÉQUENCE 5

La visite de M. Caignet

RÉSUMÉ

Monsieur Caignet, joueur de viole attitré de Louis XIV, assiste aux concerts. Un jour, il vient demander à Sainte Colombe de jouer devant le roi. Sainte Colombe refuse. Devant l'insistance de Caignet, il perd patience et met le visiteur dehors. Caignet se dissimule sous la cabane pour espionner le musicien. Pris par le charme de cette musique, il fait part de son ravissement au roi.

L'abbé Mathieu

RÉSUMÉ

Irrité de ne pas compter Sainte Colombe parmi ses courtisans, de ne pas le « posséder », le roi renvoie Caignet chez Sainte Colombe en compagnie de l'abbé Mathieu. Mais le musicien refuse obstinément de se rendre à la cour et, pris par la colère, casse une chaise sur le manteau de la cheminée. Le roi ordonne à ses courtisans de ne plus assister à ses concerts.

REPÈRES POUR LA LECTURE DU ROMAN ET DU FILM

La simplicité de Sainte Colombe

Le portrait de Sainte Colombe, au chapitre III du roman, souligne sa simplicité austère (p. 15). Mais ce sont les chapitres suivants qui illustrent parfaitement cette sobriété. Les courtisans n'hésitent pas à lui rappeler qu'il est mal habillé et démodé (« votre fraise est passée de mode », p. 29). La simplicité du personnage contraste avec les manières et les parures des courtisans, dont le luxe est souligné. L'abbé Mathieu est richement vêtu (« satin », « dentelles », « croix de diamants », p. 28). Il enjoint Sainte Colombe de quitter ses « vêtements de drap » pour se « faire faire une perruque à grappes » (p. 29). Quand il s'emporte contre Sainte Colombe (« vous allez pourrir dans votre boue », p. 31), il caresse des doigts « sa croix de diamants » (*ibid.*). Ce geste montre bien l'importance que revêt l'objet aux yeux de l'abbé, qui considère les diamants avec sensualité, alors même que Sainte Colombe émet une vive critique de la vanité et de l'orgueil.

Le film met en valeur ce conflit par des plans de demi-ensemble, qui cadrent à la fois le musicien, en habit noir, les cheveux courts, et les courtisans, parés de multiples couleurs et portant d'imposantes coiffures.

La supériorité du musicien sur la vanité de la cour

L'opposition entre la simplicité de Sainte Colombe et la richesse des seigneurs rejoint une autre opposition : celle entre la supériorité du musicien et l'infériorité des vaniteux. Le film met en scène la grandeur du musicien. Sa cabane sur pilotis le place d'emblée en position de supériorité. Sainte Colombe regarde ses visiteurs de haut (dans le roman, il est « au haut de son mûrier », p. 20). Le courtisan, M. Caignet, bien que plus élevé socialement, est ainsi, dans leur conversation, spatialement en dessous du personnage.

Les prises de vue accentuent ce contraste. La contre-plongée écrase le courtisan. L'opposition entre Sainte Colombe et Caignet est aussi soulignée par la couleur de leurs vêtements (noir/blanc). Tout oppose ces deux personnages, le dialogue entre les deux mondes est impossible.

Un dialogue impossible

Sainte Colombe, outre son aversion pour la cour, maîtrise mal le langage verbal. Parlant peu, il est hésitant quand il donne sa réponse à Caignet (« Vous direz à sa majesté… », p. 26). Il réagit aux insultes par la colère et la violence. Les mots lui manquent souvent (« Monsieur de Sainte Colombe poussait des "Ah!" sourds pour reprendre son souffle », p. 31). Quand l'abbé Mathieu s'en prend à lui, il casse une chaise, estimant que les mots sont impuissants à décrire ce qu'il ressent. Sainte Colombe manque de maîtrise (p. 30-31). De même, dans le film, le personnage hausse le ton, prononce ses répliques avec colère et brise une chaise.

LE ROMAN ET LE FILM

CHAPITRE VI (pages 33 à 37)/SÉQUENCE 6

(sous-séquence 1 et début de la sous-séquence 2)

La revenante

RÉSUMÉ

Pendant plusieurs années, les Sainte Colombe vivent heureux. Les concerts sont plus rares. Parfois, Sainte Colombe se rend dans sa barque. Il songe à son épouse. L'été, quand il fait chaud, il se baigne, la tête enfouie sous l'eau. Un jour, après avoir somnolé, il se souvient du *Tombeau des regrets*. Il retourne à sa cabane, joue cet air et voit sa femme.

CHAPITRE VII (pages 38 à 39)/SÉQUENCE 6

(sous-séquence 2)

Le tableau de M. Baugin

RÉSUMÉ

Sainte Colombe voit plusieurs fois son épouse. Il demande à un peintre de réaliser un tableau représentant la table à écrire près de laquelle sa femme est apparue. Il ne parle à personne de cette visitation. Il se confie uniquement à sa viole et recopie sur son cahier des airs que la vue de son épouse lui a inspirés. Son tableau et son livre de maroquin rouge sont posés sur une table, dans sa chambre, près de la fenêtre.

REPÈRES POUR LA LECTURE DU ROMAN ET DU FILM

Une scène rêvée

Endormi sur les bords de la Bièvre, Sainte Colombe rêve qu'il séjourne au fond de l'eau. Dans *La Barque silencieuse* (Le Seuil,

2009), Pascal Quignard voit dans les barques et les rives des espaces originels. La description de la situation dans laquelle se trouve Sainte Colombe rappelle, de fait, l'atmosphère intra-utérine : liquide, obscurité, absence de toute chose matérielle (« Il rêva qu'il pénétrait dans l'eau obscure et qu'il y séjournait. Il avait renoncé à toute chose [...] », p. 35). Au réveil, il se souvient du *Tombeau des regrets*. Avant ce rêve, il s'était rappelé sa femme et son « grand ventre qui lui avai [t] donné deux filles ». La scène, qui fait penser à un état fœtal, est donc encadrée par la mort, avec le souvenir de son épouse (p. 34) puis celui de la musique que son décès lui a inspirée. La douceur et le plaisir de se remémorer un état primitif sont ainsi parasités par la douleur et le deuil, comme pour indiquer l'impossibilité de vivre sans subir le poids de la mort. La solution est la création artistique. C'est pourquoi, à l'issue de son rêve, Sainte Colombe joue le *Tombeau des regrets*.

L'art comme accomplissement de l'être

L'art est le moyen de s'arracher au temps et à la société. Chez Quignard, l'art produit des êtres morts, mais signifiants et éternels, par opposition à la langue et à la nature, qui produisent des êtres vivants, mais insignifiants. La dépression de Sainte Colombe trouve donc son remède dans la musique. C'est à la fois une victoire sur le temps (l'œuvre, symbolisant son amour pour sa femme, est éternelle) et la manière de formuler son désespoir (c'est un langage plus authentique que les mots).

Le tableau aussi est la trace matérielle et éternelle de la visitation de sa femme. La toile est le symbole de la relation, intime et secrète (« il ne parla de cette visitation à personne », p. 38), qu'ils entretiennent. Elle représente la puissance de l'amour transcendant la mort. Placée dans sa chambre, elle est même, dans le plaisir qu'elle offre à Sainte Colombe (p. 39), un substitut de l'être aimé. À son contact, il reprend goût à la vie (« Il était moins souvent courroucé et ses deux filles le remarquèrent », *ibid.*).

LE ROMAN ET LE FILM

CHAPITRE VIII (pages 40 à 48)/SÉQUENCE 7

Le portrait de Marin Marais

RÉSUMÉ

Marin Marais, jeune homme de 17 ans, se rend chez Sainte Colombe pour lui demander de devenir son maître. Il raconte son histoire. À l'âge de six ans, il est recruté pour appartenir à la maîtrise du roi dans la chantrerie d'une église. Au bout de neuf ans, quand sa voix s'est brisée, il est jeté à la rue. Il retourne donc chez son père, cordonnier, mais tout le répugne. Il se met donc en tête de devenir « un violiste renommé ». Il se rend chez M. Caignet, puis chez M. Maugars, enfin chez Sainte Colombe. Ce dernier demande au jeune homme de jouer. Mais il refuse de le compter parmi ses élèves car, si Marin Marais fait effectivement de la musique, il n'est pas musicien. Toinette demande à son père de le laisser tout de même jouer un air de sa composition. Le jeune homme joue de nouveau. Sainte Colombe lui demande alors de revenir dans un mois pour lui donner sa réponse.

REPÈRES POUR LA LECTURE DU ROMAN ET DU FILM

La mue comme sacrifice de soi

Pour Quignard, l'homme subit trois traumatismes, ou sacrifices de soi : la naissance, l'apprentissage de la langue et la mue. Ces événements l'éloignent petit à petit de son état originel et pur. *Tous les matins du monde* évoque le troisième sacrifice, vécu comme une véritable tragédie. Le jeune homme ne subit pas seulement une métamorphose physique, mais aussi et surtout une déchéance sociale : renvoyé de la maîtrise du roi alors qu'il y chante depuis neuf ans, il est jeté « à la rue » (p. 41). La mue est une « blessure qu'il avait reçue à la gorge » (p. 42). Elle l'éloigne d'un monde heureux

(« les plaisirs de la voix à la chapelle », « les jeux dans le petit jardin », p. 42) et le ramène à ses origines modestes, qui le dégoûtent (« ces coups de marteau lui faisaient sauter le cœur et l'emplissaient de répugnance. Il haïssait l'odeur d'urine [...] », p. 43).

Dans le film, le changement de plan (du plan rapproché buste au gros plan), la diction du comédien (il martèle les syllabes : « Tout m'était insupportable ») et les expressions du visage (il avale sa salive, ferme les yeux) insistent sur le dégoût du jeune Marin Marais.

La musique comme revanche

Marin Marais se décide à faire de la viole pour se venger de sa voix qui l'a quitté (p. 44). Sa vocation trouve donc son origine dans la frustration de ne pas pouvoir conserver sa place auprès du roi. Il ambitionne de prendre une revanche sur la vie – revanche qui lui donnera le plaisir et la chance de rester auprès des Sainte Colombe (Madeleine répète, avant son suicide : « Il ne voulait pas être cordonnier »). Marin Marais est effectivement le représentant d'une musique de divertissement. La musique est pour lui un simple outil d'ascension sociale. Elle n'est pas ce langage pur auquel Sainte Colombe consacre sa vie. À ce moment précis du récit, deux conceptions de la musique s'opposent. Pour l'un, la musique est utilitaire et accessoire. Pour l'autre, elle est essentielle.

LE ROMAN ET LE FILM

CHAPITRE IX (pages 49 à 51)/SÉQUENCE 8

Le dialogue avec la revenante

RÉSUMÉ

Sainte Colombe joue dans sa cabane. Il voit sa femme et lui demande si elle parle. Elle lui répond. Ils échangent quelques mots mais, lorsqu'il veut l'étreindre, elle recule. Elle demande qu'il aille lui chercher un verre de vin. Il sort. À son retour, elle a disparu.

CHAPITRE X (pages 52 à 54)/SÉQUENCE 8

Marin Marais, élève de Sainte colombe

RÉSUMÉ

Lorsque Marin Marais revient chez Sainte Colombe, Madeleine lui ouvre la porte et l'emmène à la cabane. Sainte Colombe l'accepte comme élève, parce que sa « voix brisée l'a ému ». Quand Marin repart, il voit Madeleine, nue, se cacher dans les feuillages.

CHAPITRE XI (pages 55 à 58)/SÉQUENCE 9 (début)

Dans la maison

RÉSUMÉ

Un jour qu'il fait très froid, Marin Marais et Sainte Colombe quittent la cabane et se réfugient dans la maison, près de la cheminée. Sainte Colombe décide d'emmener son élève à Paris, voir le peintre Baugin. Marin Marais échange quelques regards avec Madeleine puis s'habille. Les deux hommes sortent dans la tempête.

CHAPITRE XII (pages 59 à 64)/SÉQUENCE 9 (fin)

La visite au peintre Baugin

RÉSUMÉ

Marin Marais et Sainte Colombe arrivent à Saint-Germain-l'Auxerrois. Ils entrent chez le peintre, qui est en train de réaliser une nature morte. Sainte Colombe lui demande sa toile. La servante l'emballe. Après quelques considérations sur la peinture de Baugin, les deux hommes quittent le peintre. Dans la rue, la neige est telle qu'ils ne voient rien. Ils se réfugient dans une salle de jeu de paume et avalent un bol de soupe. Quand ils repartent, il fait nuit. Ils suivent un homme tenant un flambeau, puis écoutent un enfant qui « pisse en faisant un trou dans la neige ». Ils se séparent.

CHAPITRE XIII (pages 65 à 70)/SÉQUENCE 10

La dernière leçon

RÉSUMÉ

Un jour, Sainte Colombe pousse Marin Marais hors de sa cabane, sous une pluie fine. Dans la maison, Sainte Colombe demande au jeune homme d'essayer de faire naître « une émotion dans [leurs] oreilles » (p. 65). Alors que Madeleine essuie la viole du jeune homme, celui-ci lui explique que son père est furieux parce qu'il a joué devant le roi. Perdant patience, Sainte Colombe brise la viole de Marin, puis lui donne une bourse contenant de l'argent pour en acheter une nouvelle. Il congédie le jeune homme. Marin Marais part, furieux, mais Madeleine le rattrape et lui promet de lui enseigner tout ce que son père lui a appris.

REPÈRES POUR LA LECTURE DU ROMAN ET DU FILM

La solitude

Sainte Colombe est seul. Sa solitude est mise en valeur par l'impossibilité de toucher sa femme et par le fait que les autres artistes ne partagent pas ses convictions. Les musiciens de la cour sont attirés par la vanité de la gloire. Même le peintre Baugin, malgré sa spécialisation dans le genre de la nature morte, dit qu'il aime l'or. Sainte Colombe établit un parallèle entre le pinceau de l'artiste et son archet, mais le peintre réfute cette comparaison, témoignant au contraire de son intérêt pour l'argent (« Je crois que vous vous égarez, dit le peintre en riant. J'aime l'or », p. 61).

Le film met en évidence la solitude de Sainte Colombe par la mise en scène d'un quiproquo : le musicien ne perçoit pas tout de suite que la déclaration du peintre est sérieuse. Il rit et commente ainsi l'affirmation de Baugin : « Le secret de notre art est la surprise. » Il justifie ainsi l'affirmation du peintre par le désir de créer l'étonnement. Mais Baugin lui répond : « Monsieur, sérieusement, croyez-vous que l'or pue ? », confirmant son attachement à la vie matérielle et, surtout, renvoyant Sainte Colombe à sa solitude.

Marin Marais aussi est très seul. Il n'a plus d'ami : « Son compagnon de dortoir, Delalande, avait encore sa voix et il était resté » (p. 42-43), « Il se sentait seul » (p. 43). Cette solitude est accentuée par la suite du récit, puisqu'il est doublement rejeté. Une première fois, par la cour. Une seconde fois, par Sainte Colombe. Il fait donc deux fois l'expérience du bannissement. Cependant, la seconde fois, il a le soutien de Madeleine. Pour autant, il n'y a pas de réel échange, de réelle complicité entre les deux personnages. Le film présente plutôt un jeune homme distrait et peu investi (séquence 11). Le début et la fin du film soulignent néanmoins clairement la solitude de Marin Marais. Le gros plan montre un musicien, certes au sommet de sa gloire, mais mélancolique, incompris et seul.

La nature morte[1]

L'intérêt de Sainte Colombe pour le genre de la nature morte rejoint son dégoût pour la vie matérielle (« Je préfère mes vêtements de drap à vos perruques in-folio », p. 30). Sainte Colombe est en quête d'un idéal qui n'a rien de matériel, ce que souligne Marin Marais au début du film : « Austérité. Il n'était qu'austérité et colère [...]. J'ai ambitionné le néant, j'ai récolté le néant. Du sucre, des louis... et la honte. Lui, il était la musique. Il a tout regardé du monde avec la grande flamme du flambeau qu'on allume en mourant. »

---

1. *Nature morte :* genre pictural ayant pour fonction de rappeler à tout homme sa condition humaine.

La visite chez le peintre est l'occasion pour Sainte Colombe de commenter le genre pictural de la vanité, qui rappelle à l'homme qu'il va mourir (souvent par le symbolisme d'un fruit trop mûr, d'un insecte sur un aliment, d'un sablier) et qu'il doit songer à se détacher des choses matérielles (c'est ce que signifie la réplique: « Tout ce que la mort ôtera est dans sa nuit », p. 60). Les objets représentés dans une nature morte sont souvent symboliques de plaisirs futiles: les cartes à jouer renvoient au jeu, le miroir à la luxure, le luth couché à la musique de divertissement (p. 59 à 60).

Le film respecte cette thématique. De nombreux plans sont des natures mortes (le verre de vin, la gaufrette émiettée...), en particulier ceux sur les objets dans l'atelier du peintre, qui sont de véritables petites vanités. Dans le roman, les deux personnages, en sortant de chez Baugin, entrent se réfugier dans une salle de jeu de paume. Là, ils voient des gens jouer, des femmes interpréter une pièce de théâtre... Autant de scènes où les hommes profitent de la vie sans se soucier de sa vanité.

LE ROMAN ET LE FILM

CHAPITRE XIV (pages 71 à 75)/SEQUENCE 11

Les rendez-vous secrets

RÉSUMÉ

Marin Marais vient en cachette chez Sainte Colombe. Madeleine lui enseigne les secrets de son père. En 1676, Marin Marais est engagé comme « musicqueur du roy ». Un jour, alors qu'un orage éclate, les deux jeunes gens sont sous la cabane. Marin Marais éternue. Sainte Colombe le frappe. Puis les esprits se calment. L'orage ayant cessé, ils discutent tous les trois. Sainte Colombe évoque sa vie passionnée.

CHAPITRE XV (pages 76 à 80)/SÉQUENCE 12

La balade en carrosse

RÉSUMÉ

Sainte Colombe joue, lors de l'office des Ténèbres, dans la chapelle de l'hôtel de Mme de Pont-Carré. Quand il range sa viole, sa femme est à ses côtés. Ils rentrent ensemble. Dans le carrosse, ils discutent. Ils arrivent au château, où Sainte Colombe lui fait part de son immense tristesse, puis ils sortent et marchent en direction de la barque. L'épouse monte dans l'esquif et disparaît.

CHAPITRE XVI (pages 81 et 82)/SÉQUENCE 13 (début)

L'attirance de Toinette

RÉSUMÉ

Marin vient moins souvent chez Madeleine, qui lui confie tout. Un jour, Sainte Colombe appelle sa fille alors qu'elle est en compagnie de Marin. Elle le quitte pour rejoindre son père. Marin sort de sa cachette. Toinette lui demande si elle lui plaît. Il l'embrasse puis sort.

CHAPITRE XVII (pages 83 à 85)

Toinette et Marin

RÉSUMÉ

Marin Marais accompagne Toinette et Madeleine à la chapelle pour nettoyer les statues des saints et faire le ménage. Il monte à la tribune, joue une pièce d'orgue. Toinette lui fait signe. Ils sortent et vont s'isoler dans des buissons, où ils font l'amour.

La rupture

RÉSUMÉ

Après avoir fait l'amour, Marin quitte Madeleine. Il la quitte car il ne pense plus à elle (il a vu « d'autres visages »). Elle lui demande de partir.

Particularités du film

Le film condense les chapitres XVI à XVIII. Il élimine la liaison entre Toinette et Marin (chapitre XVII). La séquence 13 est une transposition des chapitres XVI et XVIII. La scène de la cuisine a été ajoutée pour relier les deux actions. Elle présente l'absence de dialogue entre les deux amoureux et le bref échange de regards liant Toinette et Marin.

REPÈRES POUR LA LECTURE DU ROMAN ET DU FILM

Une relation amoureuse asymétrique

Chez Quignard, l'asymétrie des sexes est un motif récurrent. Ce décalage est parfaitement illustré par la relation entre Madeleine et Marin. Madeleine est une jeune femme très amoureuse, totalement investie dans la relation (« Madeleine lui confiait tout », p. 81). Marin, lui, est avant tout préoccupé par son désir d'apprendre la viole et d'écouter les compositions de Sainte Colombe. La relation n'est donc pas désintéressée. Marin embrasse Madeleine lorsqu'elle déclare vouloir lui enseigner tout ce que son père lui a appris (p. 70), mais il vient la voir moins souvent quand il devient « musicqueur du roi », ne se rendant chez les Sainte Colombe que pour surprendre, caché sous la cabane, « les airs dont Madeleine lui avait parlé » (p. 81).

Le film insiste sur ce déséquilibre. Dans la séquence 11, sous-séquence 1, lorsque les deux jeunes gens sont cachés sous la cabane, Madeleine semble très amoureuse et embrasse avec ferveur la main du jeune homme, lequel reste impassible, attentif seulement à la musique.

Les souvenirs

Les personnages de Quignard partent souvent sur la trace de leurs souvenirs. Sainte Colombe se souvient de son épouse lorsqu'il monte dans sa barque (p. 34). Quand il joue pour les Ténèbres ou pour la mort d'un membre de la société de Port-Royal, il ne peut « s'empêcher de songer à son épouse et aux circonstances de sa mort » (p. 77). Le souvenir a un statut ambivalent chez l'écrivain. Fasciné par la mort, l'homme aime se rappeler son passé. Cependant, ce passé l'angoisse et il désire la vie.

Cette fascination pousse l'homme à rechercher le contact avec les fantômes de son passé. Chez Sainte Colombe, elle dépasse l'angoisse, et régit même sa vie. Sainte Colombe se complaît dans la nostalgie d'un passé révolu. Il ne cherche pas à faire le deuil de son épouse mais, au contraire, à rester en contact avec elle. Les apparitions de sa femme ne se limitent d'ailleurs pas à la cabane. Sainte Colombe dialogue aussi avec le fantôme de sa femme. C'est donc un personnage beaucoup plus proche de la mort que de la vie. Dans le roman (« J'appartiens à des tombes », p. 74) comme dans le film (séquence 11, sous-séquence 2), il affirme, au grand étonnement de Marin et de Madeleine, mener une vie passionnée alors même qu'il vit cloîtré avec le fantôme de sa femme.

LE ROMAN ET LE FILM

CHAPITRE XIX (pages 88 et 89)/SÉQUENCE 14 (début) ET SÉQUENCE 15 (sous-séquence 1)

Après la rupture

RÉSUMÉ

Madeleine tombe malade au point de devoir rester alitée. Enceinte de Marin, elle accouche d'un garçon mort-né. Marin demande régulièrement à Toinette des nouvelles de sa sœur. Un jour, il lui donne des chaussures destinées à Madeleine. Celle-ci veut les jeter au feu, mais Toinette l'en empêche. En 1675, Marin travaille avec Lully. En 1679, il devient « Ordinaire de la Chambre du roi ». Il se marie et a dix-neuf enfants. Toinette se marie également et met au monde cinq enfants.

CHAPITRE XX (pages 90 à 92)/SÉQUENCE 14 (fin)

La vieillesse de Sainte Colombe

RÉSUMÉ

Lors de la neuvième rencontre avec sa femme, Sainte Colombe l'interroge sur ses apparitions. Il lui parle de sa douleur de ne pouvoir la toucher. Elle lui fait remarquer ses mains, vieillies. Il se réjouit de la rejoindre bientôt.

CHAPITRE XXI (pages 93 et 94)

Le retour à la cabane

RÉSUMÉ

Marin Marais emprunte les anciens sentiers pour se rendre à la cabane de Sainte Colombe et écouter quelques airs. Il entend son maître parler tout seul.

CHAPITRE XXII (pages 95 et 96)/SÉQUENCE 15 (sous-séquence 3)

La maladie de Madeleine

RÉSUMÉ

Durant l'hiver 1684, Madeleine tombe gravement malade. Elle demande à son père de jouer l'air que Marin avait naguère composé pour elle, *La Rêveuse*. Sainte Colombe quitte la chambre de sa fille et demande à Toinette d'aller chercher Marin. Il cesse de parler pendant dix mois et ne touche plus à sa viole. Il s'isole. Marin, lui, continue de venir écouter… le silence.

CHAPITRE XXIII (pages 97 à 100)/SÉQUENCE 15 (sous-séquence 4)

Marin Marais à Versailles

RÉSUMÉ

Toinette et son mari se rendent à Versailles pour y chercher Marin. Madeleine a une forte fièvre, ils craignent qu'elle ne meure. Marin refuse de se rendre auprès d'elle. Mais il prend de ses nouvelles, ainsi que de son père. Madeleine ne dort plus et ne se nourrit qu'à la cuiller. Son père regarde sa fille, impuissant.

CHAPITRE XXIV (pages 101 à 104)/SÉQUENCE 15 (sous-séquence 5)

La dernière visite

RÉSUMÉ

Toinette accompagne Marin jusqu'à la chambre de sa sœur. Madeleine et Marin échangent quelques mots. Elle descend de son lit et lui reproche de ne pas avoir été sincère. Elle remonte dans son lit et lui demande de jouer.

Le suicide

RÉSUMÉ

Après le départ de Marin, Madeleine attache autour de son cou le ruban de l'un des souliers qu'il lui avait offerts autrefois, et se pend.

Particularités du film

Le film consacre une sous-séquence (séquence 15, sous-séquence 2) à la maladie de Madeleine. La neuvième rencontre de la femme de Sainte Colombe précède dans le film le cadeau de Marin à Madeleine (les chaussures). Le chapitre XXI n'est pas transposé à ce moment précis du film.

REPÈRES POUR LA LECTURE DU ROMAN ET DU FILM

La dépression comme conscience d'une absence

La dépression de Madeleine est avant tout la conscience d'une absence. Le vide qu'a laissé Marin en la quittant n'a jamais été comblé. Madeleine a d'abord souffert d'avoir perdu Marin, puis elle s'est laissée « sécher » par la tristesse. Le dernier face-à-face souligne, par contraste, la déchéance de la jeune femme. Marin, magnifiquement paré, gras, en pleine santé, se tient devant une femme amaigrie, alitée, malade. Madeleine avoue à Marin qu'elle lui en veut toujours.

En même temps, Madeleine constate la vanité, voire la vacuité de Marin. Elle remarque son manque de finesse : « Et dire que j'aurais voulu être votre épouse ! ». Elle le reprend sur sa façon de jouer. L'ascension sociale d'un personnage devenu insensible et grossier semble être le déclencheur du suicide, puisqu'elle ne cesse de répéter : « Il ne voulait pas être cordonnier. »

Cette séquence est un révélateur. Marin, qui d'abord refuse de revenir chez les Sainte Colombe, finit par y retourner quotidiennement. Dans le film, le plan sur la cabane (séquence 15, sous-séquence 4), lors de l'arrivée du carrosse, illustre la prise de conscience de Marin Marais. La vraie musique ne se trouve pas à la cour, mais sur les bords de la Bièvre.

La fuite du temps présent

Le titre du roman et du film est le début de la phrase du chapitre XXVI : « Tous les matins du monde sont sans retour. » Ce chapitre suit le suicide de Madeleine. Il signifie la fuite inéluctable du temps présent, thème récurrent dans la poésie baroque de la fin du XVIe siècle (d'Aubigné, Du Bartas, Sponde, Chassigné). Cette prise de conscience entraîne deux attitudes. Ou bien l'homme, conscient de la course vers la mort, profite du temps présent. Ou bien il choisit de se détacher de la vie matérielle pour se tourner vers Dieu et mener une vie spirituelle. Sainte Colombe, comme on l'a vu lors de la visite à Baugin, suit la seconde voie.

Sainte Colombe se tourne donc vers l'invisible, grâce à la musique. Ce n'est pas la religion qui lui permet de rentrer en contact avec sa femme, mais bien l'art. Jean-Pierre Marielle, dans le film, adopte une attitude solennelle de recueillement quand il joue. Le personnage communique avec l'au-delà, avec son épouse, par l'intermédiaire, non de la prière, mais de la viole.

LE ROMAN ET LE FILM

CHAPITRE XXVI (pages 107 à 109)/SÉQUENCE 17 (début)

L'attente de Marin

RÉSUMÉ

Après la mort de Madeleine, Marin ne supporte pas l'idée de ne pas avoir entendu, ne serait-ce qu'une fois, les airs dont lui avait parlé la jeune fille. Pendant trois ans, il se rend nuitamment sur les bords de la Bièvre pour écouter Sainte Colombe. Pendant trois ans, Sainte Colombe ne joue que des airs connus.

CHAPITRE XXVII (pages 110 à 117)/SÉQUENCE 17 (fin)

L'ultime leçon

RÉSUMÉ

En 1689, « la nuit du 23ᵉ jour », Marin entend la plainte de Sainte Colombe. Le vieil homme se lamente de ne pas avoir un ami appréciant la musique. Marin se manifeste. Les deux hommes discutent. Marin parvient à percevoir ce que représente la musique pour Sainte Colombe, qui accepte de lui dévoiler « un ou deux arias capables de réveiller les morts ». Ils vont chercher la viole de Madeleine et jouent jusqu'à l'aube.

Particularités du film

La séquence 17 concentre plusieurs chapitres du roman: les retours nocturnes à la cabane (chapitres XXI et XXVI) et la dernière leçon (chapitre XXVII). Le cinéaste ajoute une scène finale qui fait écho à la scène inaugurale du film: la séquence 18 montre Marin Marais, âgé, tête baissée, en larmes. Relevant la tête, il voit Sainte Colombe, qui lui demande de jouer *La Rêveuse.*

REPÈRES POUR LA LECTURE DU ROMAN ET DU FILM

À la recherche de la vraie musique

Marin Marais revient régulièrement à la cabane après le décès de Madeleine. La mort déclenche une prise de conscience. Il se rend compte qu'il évolue dans un monde factice et joue une musique de divertissement qui ne lui apporte plus aucune satisfaction. Marin est hanté par l'idée d'écouter les airs dont Madeleine lui a parlé. Il aspire désormais à pénétrer les secrets de la musique de Sainte Colombe.

C'est parce que Marin comprend que la musique sert à exprimer ce qui ne peut se dire que Sainte Colombe accepte de lui transmettre un ou deux arias. Le film montre bien que le personnage a fini par comprendre l'essence de la vraie musique. Comme son maître, Marin réussit à communiquer avec l'invisible. Dans la dernière séquence, il voit le fantôme de Sainte Colombe lui demander de jouer.

La structure cyclique du film

Le film commence et se termine par des séquences qui n'existent pas dans le roman. Marin Marais est à la cour, entouré de ses élèves. Il se remémore Sainte Colombe. Le film est donc le récit de ses souvenirs. Cette structure circulaire du film, où la fin renvoie au début, est une allusion à la conception quignardienne du temps, un temps non pas linéaire mais cyclique, analogue de surcroît au fonctionnement de la mémoire, subissant ralentissements, accélérations et ellipses.

Le paradoxe

La fin du roman illustre un paradoxe : Sainte Colombe, musicien misanthrope, ne mourra qu'après avoir transmis une partie de son œuvre à un musicien courtisan. Ce paradoxe est révélateur du rapport ambigu de Pascal Quignard à la notion de notoriété. Comme Sainte Colombe, c'est un auteur qui souhaite avant tout créer, à l'abri des regards, un langage propre, subjectif et individuel. Mais en même temps, il souhaite publier, car la publication est indispensable à la transmission d'une pensée.

DEUXIÈME PARTIE

Problématiques essentielles du roman et du film

1 Le roman d'un écrivain musicien

Tous les matins du monde est le roman d'un auteur musicien passionné par la musique baroque[1]. Cette passion transparaît à la fois dans sa manière d'écrire et dans son œuvre, laquelle ne se limite pas au genre romanesque. Pascal Quignard est un auteur érudit qui maîtrise et détourne les règles des genres littéraires pour offrir à son lecteur des textes originaux, qui empruntent à l'Histoire des personnages sans pour autant verser dans le récit biographique.

DE LA MUSIQUE AVANT TOUTE CHOSE

Pascal Quignard est un auteur musicien, qui aime la musique et s'y intéresse dans nombre de ses ouvrages. Pour lui, la musique est un langage pur qui traduit, avec plus d'authenticité que les mots, la sensibilité de chacun (→ PROBLÉMATIQUE 10). C'est pourquoi son écriture rejoint, à plus d'un titre, la musique.

Le musicien

Pascal Quignard est un mélomane qui aime, en particulier, la musique baroque française, représentée par les deux principaux personnages du roman : Marin Marais et Sainte Colombe (→ PROBLÉMATIQUE 10). Quignard a participé à la diffusion de cette

1. *Le baroque* (1600-1750) est un courant artistique et littéraire qui suit la Renaissance et précède le classicisme. En musique, il se caractérise par des pièces d'inspiration religieuse avec le grand motet (composition musicale à une ou plusieurs voix, en latin), par la musique de divertissement pour clavecin (sorte de piano), pour luth et théorbe (sortes de guitare), et pour viole de gambe (ancêtre du violoncelle), et enfin par le drame musical (c'est l'époque des comédies-ballets de Molière et Lully).

musique en s'investissant dans de nombreux projets culturels. Sollicité par François Mitterrand, il a notamment créé un festival international d'art baroque au château de Versailles. Mais au-delà de ses investissements personnels dans la vie culturelle, Quignard est un musicien. Il joue de l'orgue depuis son enfance. Et pendant ses périodes d'écriture, il joue du violoncelle, du piano..., improvise durant des heures des extraits musicaux. Ses improvisations fonctionnent comme des déclencheurs d'écriture. Elles permettent aussi à chaque livre de trouver son rythme et sa tonalité.

Les traités sur la musique

Pascal Quignard a écrit deux traités sur la musique: *La Leçon de musique* (1987) et *La Haine de la musique* (1996). Le chapitre liminaire du premier s'intitule « Un épisode tiré de la vie de Marin Marais ». Il explique comment Marin Marais trouva sa vocation par dépit, après avoir subi les effets de la mue. Parallèlement à ces traités, il a rédigé un court roman (ou une longue nouvelle), *Tous les matins du monde* (1991). C'est un hommage à cet autre musicien qu'est Sainte Colombe. Ce texte est issu d'une discussion avec Alain Corneau, réalisateur qui souhaitait faire un film sur la musique (→ PROBLÉMATIQUE 2). Ce texte peut être considéré, à certains égards, comme une version romancée de *La Leçon de musique*.

Écrire, c'est faire de la musique

L'écriture de Pascal Quignard cherche à produire des sons et à retrouver la dimension envoûtante de la musique. Pour atteindre cet objectif, il utilise les ressources de la poésie. Il recherche la musicalité des mots, notamment par la ponctuation des phrases (→ PROBLÉMATIQUE 8). Mais la comparaison avec la musique ne se limite pas à cette démarche créative où les mots sont considérés comme des sons. Pour Quignard, dans les deux cas, il s'agit de s'exprimer sans la parole, sans l'intermédiaire de la voix. Écrire un livre et faire de la musique procèdent donc d'une même volonté, et d'un même paradoxe: parler sans voix.

Pascal Quignard refuse d'être classé (poète, romancier, essayiste...) car, selon lui, pour rendre compte de la diversité du monde, il faut recourir à tous les genres. Mais il ne se limite pas à diversifier son œuvre. Il va bien au-delà, en jouant sur les transgressions des catégories littéraires, en mêlant les différents genres comme l'Histoire et le roman.

Une œuvre composite

L'œuvre de Quignard se compose d'essais critiques, de romans, de poèmes, de contes, de traités, mais aussi de multiples textes écrits au gré des rencontres avec divers créateurs (chorégraphes, peintres, cinéastes). Quignard a écrit des textes sur l'art, comme son essai sur Georges de La Tour. Il a travaillé à des scénarios de films (*Tous les matins du monde*, 1991 et *Le Nouveau Monde*[1] d'Alain Corneau, 1995; *L'Amour conjugal* de Benoît Barbier, 1996), publié des livrets comme *Le Nom sur le bout de la langue* et *L'Anoure* (écrit pour une chorégraphie d'Angelin Preljocaj, créée à Toulon en 1995). Mais ce sont les traités qui représentent la partie la plus importante de son œuvre: *Petits Traités* (1984), *Le Sexe et l'effroi* (1994), *Rhétorique spéculative* (1995), *La Haine de la musique* (1996), *Une gêne technique à l'égard des fragments* (2005).

Tous les matins du monde reflète cette maîtrise de différents genres littéraires. C'est à l'origine une commande pour le cinéma, un « roman-scénario ». En outre, le texte entretient avec la poésie un certain nombre de points communs: la recherche d'un vocabulaire précis, l'intérêt accordé à la musicalité des phrases... Le roman est aussi nourri de références historiques (p. 76). Il emprunte également à l'essai philosophique l'allure d'une recherche de la vérité (« Qu'est-ce que la musique? », « À qui s'adresse-t-elle? », p. 113), et la volonté de définir une notion (la musique).

1. Adaptation du roman de Pascal Quignard, *L'Occupation américaine.*

Le roman redéfini

L'une des caractéristiques majeures de l'écriture de Quignard est de remettre en cause les catégories génériques, de les retravailler. Comme il le dit dans un entretien avec Chantal Lapeyre-Desmaison : « La seule chose que je cherche, c'est le non-genre [...]. Il n'y a pas de genre privilégié[1]. » Le roman redéfini pourrait être un exemple de ce « non-genre ». Quignard s'approprie le genre romanesque en prenant une certaine distance avec ses fonctions et ses caractéristiques. Le matériau romanesque, réinventé, se transforme, notamment en méditation.

Tous les matins du monde est une fiction mais, à certains égards, c'est aussi une réflexion philosophique sur le langage et la musique, issue du traité sur la mue masculine, *La Leçon de musique* (1987). Ce traité adopte lui-même un mode narratif, puisqu'il repose sur des histoires, celle de Marin Marais d'abord, à laquelle s'ajoutent celle d'Aristote puis celle de Po Ya. L'œuvre de Quignard, par ces aller et retour entre leçon et narration, sait ainsi donner « au conte ou au roman la gravité d'une recherche essentielle[2] ».

L'Histoire revisitée

Pascal Quignard est un lecteur « boulimique ». C'est un lettré qui ne s'est jamais lassé de lire, autant pour son plaisir que par sa longue activité professionnelle de lecteur aux éditions Gallimard (de 1970 à 1994). Son œuvre est celle d'un érudit, qui affectionne particulièrement trois périodes du passé : le monde latin antique, la Chine des dynasties, et le XVIIe siècle baroque. Ce dernier siècle occupe une large place dans son œuvre, avec un essai sur le peintre Georges de La Tour. *Tous les matins du monde* témoigne lui aussi de la prédilection de Quignard pour cette période, faisant référence aux musiciens (Sainte Colombe, Marin Marais, Lully), écrivains, peintres du XVIIe siècle, citant des œuvres précises comme

1. Chantal Lapeyre-Desmaison, *Pascal Quignard le solitaire*, éditions Flohic, 2001, p. 163.
2. Dominique Rabaté, *Pascal Quignard*, Bordas, 2008, p. 7.

Le Tombeau des regrets de Sainte Colombe, *Le Dessert de gaufrettes* de Baugin.

L'Histoire sert à l'auteur de réservoir de personnages. Mais il préfère s'intéresser aux destins de ceux que l'Histoire n'a pas forcément retenus. Il peut ainsi plus aisément réinventer leur destin, en partant de petits détails glanés ici et là, au fil de ses lectures. Pour Sainte Colombe, il s'inspire ainsi des éléments fournis par Évrard Titon du Tillet, dans *Le Parnasse françois* (1732), et crée un personnage à la fois historique et inédit (→ PROBLÉMATIQUE 3), menant une vie simple, presque ascétique, vouée à la mémoire de sa défunte épouse et à la viole, loin des hommes et de la vanité humaine. Quignard crée aussi une relation entre la vie de Marin Marais et les Sainte Colombe, en inventant une liaison avec Madeleine et Toinette (→ PROBLÉMATIQUE 3). Il imagine des histoires et des personnages, ni historiquement exacts ni tout à fait imaginaires, pour parler des thèmes qui lui tiennent à cœur (la mort, la mélancolie, la musique…).

Tous les matins du monde, court roman axé sur la musique, prenant celle-ci à la fois pour sujet et pour modèle stylistique, ancré de surcroît dans une période historique dont les éléments sont remodelés par l'écrivain, est ainsi particulièrement représentatif des principales caractéristiques, thématiques et esthétiques, de l'œuvre de Pascal Quignard.

2 Le film d'un cinéaste musicien

Tous les matins du monde est né du désir d'Alain Corneau de réaliser un film dont la musique constituerait le corps même du drame. Dans son enfance, le cinéaste est fasciné par le jazz. Pourtant, ce n'est pas cette musique qui sera le sujet du film. Deux rencontres détermineront le choix de la musique baroque : celles de Pascal Quignard, auteur d'un essai sur Sainte Colombe et Marin Marais, et de Jordi Savall, musicien spécialiste de la viole de gambe.

ALAIN CORNEAU ET LA MUSIQUE

Pour Alain Corneau, la musique préexiste toujours au film. Le cinéaste a en tête la musique avant d'avoir le film[1]. C'est l'implantation d'une base américaine à Orléans, près de son domicile, qui ancre en lui une fascination durable pour la musique et le cinéma américains. Il choisit de suivre des études cinématographiques, mais son premier projet est de réaliser un film sur la musique.

Des premiers pas entre jazz et cinéma

Alain Corneau (né en 1943 dans le Loiret) a hérité de son père le goût du jazz et du cinéma. Dès son plus jeune âge, il écoute Sydney Bechet et Duke Ellington, et découvre le western dans les cinémas d'Orléans où l'emmène son père. Avec l'implantation d'une base américaine à Orléans, dans les années 1950, Alain Corneau aborde de plus près une culture qui le fascine. Quand il

1. Interview par Vittoria Matarrese et Franck Garbaz, Arte, éditée le 28 avril 2004.

intègre l'IDHEC (Institut des hautes études cinématographiques), à la sortie du lycée, il conserve intacte sa passion pour le jazz.

Pendant ses études, Alain Corneau joue durant le week-end et les vacances dans un orchestre dont il est le batteur. Le groupe est semi-professionnel, avec imprésario et salaire mensuel. Il joue régulièrement dans un lieu, la Pizza, où se rencontrent Français et Américains. Alain Corneau fait la connaissance de Gérard Pirès, futur réalisateur d'*Érotissimo* et de *Taxi*, et de musiciens comme Albert Ayler, qui deviendra une figure centrale du free jazz[1].

Diplômé de l'IDHEC en 1965, Alain Corneau se décide à faire un film sur les créateurs du free jazz, pour leur « vitalité stupéfiante », « leur credo [2] ». Après avoir rencontré Ornette Coleman[3], il mûrit le projet de travailler sur le pianiste de jazz Bud Powell (1924-1966). Il se rend à Brooklyn et rencontre l'artiste. Arpentant les rues de Harlem, il côtoie durant douze semaines le milieu des musiciens free. Mais, un jour, il prend conscience qu'il est à bout de sa fascination pour la culture noire.

L'omniprésence de la musique dans le cinéma d'Alain Corneau

En 1970, il devient le premier assistant de Costa-Gavras sur le tournage de *L'Aveu*. Sa carrière de cinéaste débute alors, mais il ne cessera jamais d'accorder une place primordiale à la musique. Pour celle de son premier long métrage, *France société anonyme* (1974), il choisit un mélange de rock et de rythm'n blues. Pour *Série noire* (1979), il a en tête un air de Duke Ellington *(Moonlight Fiesta)* qui apparaît dès le générique. Il utilise aussi des chansonnettes (*Rivers of Babylon* de Boney M; *Kennedy Airport* de Sheila; Dalida; Claude François...). Pour *Le Choix des armes* (1981), il fait

1. *Free jazz:* style de musique qui se développe dans les années 1950-1960. La composition est moins structurée que dans le jazz classique et l'improvisation y tient une large place.
2. Alain Corneau, *Projection privée. Souvenirs*, Paris, Robert Laffont, 2007, p. 55.
3. Le disque d'Ornette Coleman, *Free Jazz*, apparaît comme le manifeste de libération du jazz.

composer une musique symphonique. Dès le début du scénario du *Môme* (1986), Alain Corneau pense à la voix d'Otis Redding (*Try a little Tenderness*, *Good to me*, *Dock of the Bay*, *Rock me Baby*). Dans *Nocturne indien* (1989), l'adagio du *Quintette à cordes en ut majeur* de Schubert est un véritable leitmotiv. *Tous les matins du monde* montre bien la place centrale de la musique dans l'œuvre du cinéaste.

UNE FAÇON MUSICALE DE FILMER

Pour Corneau, faire un film équivaut à faire de la musique. Pour lui, les deux types de création sont très proches. Notamment dans leur rapport au temps, le montage étant une question de rythme. Son approche du monde est avant tout musicale. C'est ce point de vue que reflète *Tous les matins du monde*, où la mise en scène se nourrit de la musique de Jordi Savall (voir *infra*).

Les références cinématographiques

Les modèles, ou guides formels, d'Alain Corneau pour *Tous les matins du monde*, outre la peinture (→ PROBLÉMATIQUE 9), sont des films où la musique occupe une place de choix. Tout d'abord, *Le Salon de musique* de Satyajit Ray (1958) où les séquences de musique soulignent la différence entre l'univers du maharadjah ruiné et celui de l'usurier nouveau riche. Le contraste entre les deux hommes est assez proche de l'opposition entre Sainte Colombe, sorte de « maharadjah » reclus, et Marin Marais, le « nouveau riche » mondain.

Dans *Chronique d'Anna Magdalena Bach*, de Jean-Marie Straub et Danièle Huillet (1967), la musique surgit des plans fixes, sans aucun artifice dramatique, comme dans *Tous les matins du monde* où ce type de plan est privilégié. L'équipe d'Alain Corneau a aussi regardé *Amadeus* de Milos Forman (1984). Corneau a exploité ce film pour souligner une opposition qu'il voulait éviter: celle entre l'artiste génial et désinvolte (Mozart) et le tâcheron laborieux (Salieri). Dans *Tous les matins du monde*, il ajoute une phrase de

Sainte Colombe pour témoigner du lien qui unit les deux musiciens : « J'éprouve de la fierté à vous avoir instruit. » Corneau ne veut pas d'une opposition radicale entre les deux personnages. S'ils appartiennent à des univers différents, ils sont aussi, par certains points, complémentaires (→ PROBLÉMATIQUE 3).

La musique à la source de la mise en scène

Dans les films d'Alain Corneau, la musique est omniprésente depuis l'écriture du scénario jusqu'au tournage et au montage. C'est à partir du film *Le Môme* (1986) qu'il détermine une base musicale dès l'écriture du scénario, pour servir de guide de mise en scène. Il fait ainsi écouter la musique aux comédiens avant même de leur parler de scénographie. *Tous les matins du monde* illustre parfaitement cette méthode de travail. Corneau utilise la bande-son comme base de travail (« C'est la musique qui va gouverner la mise en scène du début à la fin du film[1] »). Pour chaque plan, le jeu et les déplacements des acteurs sont rythmés par la musique, qui se substitue à toutes les indications sur la psychologie ou le caractère des personnages. Par exemple, pour la séquence de la liaison entre Marin Marais et Madeleine (séquence 11), la pièce musicale qui débute avec le baiser des deux amants s'intitule *Le Badinage* (Marin Marais). Quant à l'extrait de *La Rêveuse* de Marin Marais, il apparaît pour la première fois lors de la rupture, comme pour souligner les illusions de la jeune femme.

LA RENCONTRE AVEC PASCAL QUIGNARD

Le dialogue avec les écrivains est constant chez Alain Corneau, qui aime adapter les romans (*Fort Saganne*, 1984 ; *Nocturne indien*, 1989 ; *Stupeur et tremblements*, 2002 sont des adaptations de romans). *Tous les matins du monde* est l'adaptation du roman

1. Alain Corneau, *Projection privée*, *op. cit.*, p. 224.

de Pascal Quignard – un roman qui, à la différence des autres, naît d'une discussion entre les deux hommes.

Le « roman-scénario »

Malgré l'échec de son projet sur le free jazz, Alain Corneau conserve l'envie de faire un film sur la musique. Cependant, il préfère se centrer sur la musique française. Et ce n'est pas la musique la plus diffusée qui l'intéresse (musique contemporaine et musique romantique) ; il se tourne plutôt vers la musique baroque qui, dans les années 1970-1980, commence à être rejouée à Paris et à New York[1]. Cette musique l'intéresse, ainsi que le contexte de son essor (la cour de Louis XIV, les fêtes de Versailles, le contexte religieux, l'esthétique baroque). Mais il a du mal à trouver un scénario. Un ami le met sur la piste de Pascal Quignard, qui a déjà abordé la période baroque dans *La Leçon de musique*.

La première rencontre a lieu chez des amis, à un petit concert où Quignard joue de vieilles partitions de viole de gambe. Les deux hommes se revoient et Alain Corneau parle de Marc-Antoine Charpentier, Couperin, Lully et Louis XIV, de l'Église, de son idée de mécènes amateurs de musique de cour. Pascal Quignard propose de laisser de côté Versailles, le pouvoir, et de montrer des musiciens rebelles : les jansénistes de Port-Royal, qui vivent retirés dans leur province, loin de la cour. Ainsi apparaît la figure de Marin Marais, puis celle de Sainte Colombe. Pascal Quignard propose d'écrire un roman, non un scénario. Ce sera à Alain Corneau d'adapter le texte en film. Dix semaines plus tard, le cinéaste est en possession d'une longue nouvelle. Pascal Quignard a achevé un texte, qu'il publiera si le cinéaste n'en fait rien. Mais Corneau part seul en Corse pour tenter une première scénarisation. Et ce sont quelque dix-sept versions de ce scénario que les deux hommes vont échanger.

1. William Christie, claveciniste d'origine américaine, et Jordi Savall, violoncelliste d'origine catalane, sont les pionniers de la redécouverte et de la mise en valeur de la musique baroque.

Le scénario musical de Jordi Savall

Dès cette étape de la création, Alain Corneau pense à l'omniprésence de la musique. Il signale d'ailleurs à Pascal Quignard que la musique doit avoir « une part importante sans que ça bloque le récit[1] ». Dès qu'il est en possession du texte, il joint l'agent de Jordi Savall, le chantre de la viole de gambe. Le musicien catalan a d'abord étudié le violoncelle, car « c'est un instrument qui peut remplacer la voix qu'il a perdue[2] ». Puis, après huit années passées à travailler cet instrument (avec lequel il joue notamment des œuvres de Marin Marais), il se tourne vers la viole de gambe. Le changement définitif se produit à Paris, en 1965, où il découvre à la Bibliothèque nationale un ensemble de partitions jamais exhumé: soixante-sept pièces à deux violes, écrites sans doute par les élèves de Sainte Colombe.

En 1990, quand Alain Corneau le contacte, Jordi Savall a déjà enregistré plusieurs disques d'œuvres de Marin Marais et un de Sainte Colombe. Le cinéaste lui demande de réinventer des interprétations en fonction des situations romanesques. Il lui fournit des indications d'atmosphère pour l'aider à imaginer la scène. Ainsi, dans la scène où Marais jeune se présente à Sainte Colombe, lorsque Madeleine lui demande de jouer l'une de ses créations, ils se mettent d'accord sur un jeu frais, brillant, virtuose et émouvant aussi, puisqu'il doit faire revenir Sainte Colombe sur sa première décision (séquence 7). Puis, quelques jours plus tard, quand Sainte Colombe reconstitue de mémoire cette pièce musicale dans sa cabane (séquence 8), Jordi Savall adopte un jeu plus dramatique, plus grave et plus douloureux.

Jordi Savall a dû aussi adapter le répertoire de Sainte Colombe en fonction des situations. Pour les besoins de la scène où Sainte Colombe joue avec ses deux filles, il a dû écrire une partition inédite d'une pièce à deux violes (Sainte Colombe jouait seul et sans partition). Il a aussi intégré à l'intrigue des thèmes empruntés au

1. Alain Corneau, *Projection privée*, *op. cit.*, p. 216.
2. Entretien avec Olivier Bellamy, Radio classique, 4 février 2010.

fils de Sainte Colombe (*Prélude pour M. Vauquelin*) et une mélodie populaire de l'époque, *Une jeune fillette* (quand Madeleine joue avec son père). Une sorte de « scénario musical » s'ajoute donc au scénario. Ironie du sort: c'est la musique de Jordi Savall qui a inspiré Quignard pour son roman. L'œuvre du musicien, son interprétation du baroque est donc à la fois une source d'inspiration du roman et l'essence même de l'œuvre cinématographique.

Suivant ses premiers desseins, Alain Corneau réalise un film dont la musique constitue le corps même du drame. Mais loin du free jazz qu'il convoite de mettre en scène au début de sa carrière cinématographique, il porte à l'écran la musique baroque. La rencontre avec Pascal Quignard, passionné par ce courant artistique, et l'œuvre de Jordi Savall, interprète de Sainte Colombe et Marin Marais, auront déterminé ce choix.

3 Sainte Colombe et Marin Marais

Si la postérité a surtout retenu Marin Marais, illustre joueur de viole de gambe et talentueux « musicqueur du roy », Pascal Quignard et Alain Corneau remettent sur le devant de la scène son maître, Sainte Colombe. Les sources historiques témoignent de son talent, mais aussi de sa renommée au XVIIe siècle. Quignard va au-delà de cette réalité. Il imagine deux personnages à la fois opposés et complémentaires, dressant le portrait d'un virtuose, enfermé dans son art, dont le seul but est d'atteindre la perfection, et celui d'un musicien ambitieux, attiré par la cour.

SAINTE COLOMBE, LE VIRTUOSE SOLITAIRE

Jean de Sainte Colombe était célèbre au XVIIe siècle. Puis, progressivement, il est tombé dans l'oubli. L'essai de Pascal Quignard, *La Leçon de musique*, l'exhume du passé. *Tous les matins du monde* poursuit le portrait ébauché par l'Histoire en décrivant un musicien janséniste, à la vie austère, centré sur sa viole et le souvenir de sa défunte épouse.

L'achèvement d'un portrait ébauché

Les éléments biographiques dont dispose Quignard en 1991 sont minces. La notice de Titon du Tillet, parue dans *Le Parnasse françois* (1732), indique que Sainte Colombe était le maître de Marin Marais. Elle rend compte d'une sorte de rivalité entre les deux personnalités, absente dans le roman. Quignard reprend également à Titon du Tillet l'anecdote de la cabane dans le mûrier et les concerts que le maître donnait avec ses deux filles. Il comble les lacunes. Tout d'abord en ajoutant un élément majeur à la biographie du personnage: son veuvage. Cet événement est mentionné dès la première phrase du roman: « Au printemps de 1650, Madame de Sainte Colombe mourut » (p. 9). Selon Quignard, la biographie de Sainte Colombe n'a de sens que parce qu'elle est marquée par cette douleur initiale – douleur redoublée par les multiples décès qui ponctuent le récit. Cet ajout permet de dresser le portrait d'un musicien mélancolique, nostalgique et virtuose. C'est la mort qui conduit le personnage au retrait, à l'isolement propice au perfectionnement de son art. C'est la mort aussi qui le pousse à la création d'un langage pur, capable d'exprimer « les regrets et les pleurs ».

Autre invention romanesque: le jansénisme. Le roi demande à ses courtisans de ne plus se rendre aux concerts de Sainte Colombe parce qu'« il [est] une espèce de récalcitrant et qu'il [a] eu partie liée avec ces Messieurs de Port-Royal, avant qu'il les [ait] dispersés » (p. 32). Les recherches récentes accréditeraient cette idée. Détestant la cour et ses mondanités, Sainte Colombe se réfugie dans la musique.

L'incarnation du personnage à l'écran

L'emphase et la mélancolie du personnage sont particulièrement bien incarnées par Jean-Pierre Marielle. Le comédien ne laisse effectivement pas de place au registre comique. L'expression austère, le regard fixe, la démarche lente et raide, renforcent le sentiment de mélancolie et de nostalgie du personnage (p. 15). Quant à la démesure, elle se manifeste d'abord lorsqu'il congédie les courtisans, après avoir brisé une chaise sur la cheminée (séquence 5, sous-séquence 2), puis quand il chasse le jeune Marin Marais et casse sa viole (séquence 10).

Le comédien endosse aussi la dimension asociale, voire sauvage, du personnage, « plein d'embarras », « taciturne », « [in]capable d'un entretien suivi avec personne » (p. 15) et qui délègue à Madeleine le soin de parler au jeune Marin Marais (p. 46). Dans le film, le premier dialogue avec le courtisan (séquence 5, sous-séquence 2 et p. 26 du roman) voit le comédien adopter un ton haché, peu assuré. Sa misanthropie est colérique, précisément parce qu'il ne maîtrise pas le langage. Quand Marielle congédie les courtisans en brisant une chaise, il souligne cette colère par sa manière compulsive d'étreindre, debout, le dossier de la chaise avant de la briser. Corneau le filme en plan de demi-ensemble (il cadre le personnage des pieds à la tête, dans un lieu), pour mieux faire valoir la puissance physique de l'acteur (séquence 5, sous-séquence 2).

MARIN MARAIS, L'AMBITIEUX « MUSICQUEUR »

Marin Marais est le plus célèbre des deux personnages, parce qu'il a connu, de son vivant, une brillante carrière à la cour. Le parti pris de Quignard est de présenter la vie de Marin Marais en relation avec les Sainte Colombe. Le romancier raconte l'histoire d'un élève dont le désir d'apprendre est parasité par l'ambition.

Une biographie revisitée par Quignard

La postérité a retenu le nom de Marin Marais comme référence en matière de viole. Sa biographie est parfaitement connue. Quignard disposait donc de moins de liberté pour dresser le portrait de ce musicien. Il a choisi de présenter deux relations: celle avec son maître, et celle avec Madeleine. Si l'histoire lui fournit la relation maître/élève, il invente la liaison entre Marin et les deux sœurs. Cette liaison, qui mène à la dépression puis au suicide, permet d'aborder l'histoire sous un angle tragique, tout en renforçant l'opposition entre deux conceptions musicales, en particulier au moment où Toinette va chercher Marin Marais à Versailles, au sommet de sa gloire, pour une ultime rencontre avec Madeleine.

Autre invention de Quignard: la dernière leçon. Cet événement permet de structurer le roman autour d'un apprentissage, d'une évolution, d'une quête. Le musicien ambitieux et orgueilleux finit, après un détour par la cour, par rechercher les valeurs et l'idéal musical de son maître Sainte Colombe (humilité, perfection, solitude).

La métamorphose du personnage

Le rôle de Marin Marais est endossé successivement par Guillaume puis Gérard Depardieu. Guillaume interprète un jeune homme fasciné par la musique, motivé par ses rêves de grandeur : quand il se trouve sous la cabane avec Madeleine, écoutant attentivement la musique, insensible aux baisers de la jeune femme, son regard est fixe, empreint d'intensité (séquence 11, sous-séquence 1). Dans le roman, l'ascension sociale de Marin Marais est marquée par le changement de dénomination, le passage de « Marin Marais » à « Monsieur Marais » (p. 81). Le film, lui, montre une métamorphose : une fois devenu « musicqueur du roy » (p. 72), Marin Marais porte des vêtements luxueux et une magnifique perruque qu'il n'avait pas dans les scènes précédentes (par opposition au livre, qui le décrit perruque à la main pendant toute la scène de présentation, p. 40). Musicien du roi, il parade et expose ses signes de distinction.

Gérard Depardieu apparaît d'abord dans le récit cadre, puis dans le récit enchâssé (séquence 15, sous-séquence 4). Son apparition correspond à une remise en cause profonde du personnage. Au sommet de sa gloire, il dirige l'orchestre de Lully, couvert de vêtements de soie et de dentelles, dans un salon luxueux de Versailles. Toinette lui fait parvenir un billet lui demandant de se rendre chez les Sainte Colombe, où Madeleine se meurt. Le gros plan du visage montre que, malgré un premier refus, il s'interroge (mouvement de la tête quand le valet repart, regard pensif). Dans la séquence suivante, il rend visite à Madeleine. Malgré sa réussite, il n'a oublié ni son maître ni sa fille. C'est le début d'une mutation profonde du personnage. Dès lors, le film ne présente plus le musicien de cour, mais plutôt l'élève en quête de savoir. Plus aucun plan de jour ne montre le luxe de ses vêtements, le maquillage sophistiqué, la perruque bien peignée. Marin Marais est désormais dans la pénombre.

Lors de la dernière leçon, cette pénombre place Marin et Sainte Colombe dans la même situation, sur un plan d'égalité. Les signes de richesse de Marin ayant disparu, seul apparaît le visage d'un homme en quête de savoir. Après avoir connu l'éclat de la cour, il retourne dans la nuit pour chercher la vérité, l'essence de l'art.

DEUX PERSONNAGES OPPOSÉS MAIS COMPLÉMENTAIRES

Les deux personnages sont apparemment opposés: Marin Marais tourné vers le monde, la cour, et Sainte Colombe, retiré dans la solitude, le silence. Mais ils sont surtout complémentaires: ils ont besoin l'un de l'autre pour exister en tant que musiciens.

Les différences

Les deux portraits dressés dans les parties précédentes mettent en valeur des différences de comportement (sauvage/mondain) mais la différence majeure, et initiale, entre les deux musiciens réside dans la manière de jouer de la viole. Elle est d'emblée soulignée par Sainte Colombe, lorsqu'il affirme, après avoir entendu jouer Marin Marais, qu'il n'est pas musicien (p. 47), dissociant ainsi l'art du monde social. Celui qui fait de la musique joue devant un auditoire, pour plaire « à un roi visible » (p. 74). C'est d'ailleurs l'ambition du jeune homme, qui veut être « renommé », c'est-à-dire exister sous le regard d'un public. Par opposition, le véritable musicien, comme Sainte Colombe, joue seul, il « hèle une chose invisible » (p. 74) et n'a pas l'ambition d'être reconnu. C'est pour cette raison que Sainte Colombe ne publie pas ses compositions (p. 75).

L'apprentissage de la complémentarité

Cette opposition souligne le long cheminement de l'élève ambitieux, le trajet de celui qui a expérimenté une autre manière de jouer de la viole et revient finalement aux sources pour reprendre l'apprentissage. Car Marin Marais a besoin de Sainte Colombe pour apprendre la véritable nature de son art, pour se perfectionner. Mais le maître a aussi besoin de son élève. La fin souligne à cet égard le paradoxe du maître. Malgré son premier désir de ne rien publier (p. 75), il ne veut pas mourir sans avoir transmis son art. Sainte Colombe apprend de sa longue expérience de solitaire qu'il a besoin de l'autre. Car il doit transmettre son œuvre avant de mourir.

En d'autres termes, les rôles tendent à s'inverser. Le vaniteux devient humble et vise un idéal musical ; le virtuose solitaire cherche une oreille attentive pour transmettre son art (p. 111). Le film souligne ce lien dans la séquence finale (séquence 18), lorsque Sainte Colombe avoue à Marin Marais sa fierté de lui avoir enseigné la viole. La fin éclaire ainsi le récit tout entier : les deux personnages, jusqu'alors opposés, deviennent complémentaires. Cette complémentarité apparaît pleinement dans les dernières lignes du roman. Alors que les deux musiciens interprètent ensemble *Les Pleurs*, ils s'adressent « *en même temps* un sourire » (p. 117, nous soulignons). De la complémentarité, ils sont passés à l'unité.

Pascal Quignard et Alain Corneau ont donc dressé les portraits de deux musiciens à la fois complémentaires et opposés, formant une sorte de personnage unique, à double facette, dont la face éclairée serait Marin Marais, l'ambitieux qui trouve la rédemption, et la face sombre, Sainte Colombe, le solitaire mélancolique, retiré dans l'austérité de sa cabane.

4 Les autres personnages

Autour des deux musiciens gravitent des personnages qui rappellent tantôt la simplicité de Sainte Colombe, tantôt la vanité de Marin Marais. Ces personnages croisent les chemins des deux protagonistes pour souligner l'opposition entre deux systèmes de valeurs opposés.

TOINETTE ET MADELEINE : DEUX SŒURS, DEUX UNIVERS

Conformément aux indications historiques de la notice de Titon du Tillet, Sainte Colombe a des filles. La notice indique que le musicien « donnoit même des Concerts chez lui, où deux de ses filles jouoient, l'une du dessus de la viole, et l'autre de la basse, et formoient avec leur père un concert à trois violes[1] ». La mention « deux de ses filles » signale qu'il en avait plusieurs. En réduisant leur nombre à deux, Quignard forme une dualité, de manière à créer des correspondances et des oppositions entre les deux sœurs.

L'opposition de deux caractères

Les deux sœurs se correspondent sur certains points. Toutes les deux, suivant l'exemple de leur père, sont musiciennes. Elles possèdent chacune une viole et jouent en trio avec Sainte Colombe (p. 23). D'autre part, Toinette et Madeleine nouent chacune une relation amoureuse avec Marin Marais. Toutes les deux

1. Titon du Tillet, *Le Parnasse françois*, 1732.

se comportent de la même façon: elles prennent l'initiative de la relation (p. 52 et 82).

Mais leurs oppositions sont plus nombreuses. Sur le plan physique, Madeleine est « très mince » (p. 52), avant de devenir « maigre » (p. 85), alors que Toinette est ronde (p. 84). Sur le plan psychologique, la cadette est badine, vive, voire emportée. Madeleine, elle, est sérieuse, appliquée et mélancolique. Elle ressemble à son père tandis que Toinette, « par le caractère », ressemble à sa mère (p. 19). Les oppositions apparaissent d'emblée dès l'enfance. Lorsque Sainte Colombe est en colère, Toinette se rebelle, tandis que Madeleine « sombre » dans le silence. L'une s'applique à respecter les consignes du père, à se conformer à ses désirs. L'autre se laisse gouverner par ses passions. Toinette est plus autonome et plus indépendante que sa sœur.

Les oppositions sont mises en valeur dans le film, où la leçon de M. de Bures (séquence 3) présente une enfant appliquée et attentive (Madeleine) et une enfant distraite et gourmande (Toinette). On voit déjà se profiler l'intérêt de Toinette pour les vanités du monde. Toinette est en effet attachée à la société, à la vie mondaine. C'est d'ailleurs elle qui se « précipite » pour accueillir M. Caignet (p. 24). Dans le film, elle conduit le musicien de la chambre du roi jusqu'à la cabane. Sainte Colombe apparaît au premier plan. Face à lui, au centre, se tient Caignet. En arrière-plan on voit Toinette. Cela suggère que, entre le père et sa fille cadette se trouve le monde de la cour, que Toinette finira par adopter.

L'opposition entre les deux sœurs est encore manifeste lors de l'installation de Sainte Colombe dans la cabane (séquence 2). Toinette est insolente. Elle ne laisse pas son père seul, alors même que la nourrice et Madeleine se retirent. Au contraire, elle reste sur place et fixe son père avec défi. Plusieurs actions témoignent donc du caractère autoritaire et indépendant de la cadette. Pour cette raison, elle accomplira plus aisément sa vie de femme. Madeleine, elle, vit pour son père, pour la musique et pour sa relation avec Marin.

Une complicité père-fille destructrice

Les affinités entre Sainte Colombe et Madeleine

Dans le roman, la préférence de Sainte Colombe pour Madeleine apparaît lorsque celui-ci déclare être content de ses filles, « surtout de Madeleine » (p. 16). La complicité naît de la ressemblance des deux tempéraments – ressemblance telle que Madeleine se substitue à son père dans les leçons de viole. Les deux personnages sont proches de la nature, que Madeleine préfère aux mondanités. Sa maladie « coïncide » d'ailleurs avec la mort d'un arbre (p. 95). De même, les colères de Sainte Colombe sont comme des « orages », qui ont la particularité de se déclencher en même temps que les orages naturels (p. 72). Madeleine, à l'instar de son père, vit retirée du monde, intimement liée à la nature.

La complicité entre le père et la fille est particulièrement visible dans le film : lors de la scène du jeu de cartes (séquence 3), leurs deux mains se frôlent, en un geste d'amour filial intense. Sainte Colombe et Madeleine sont unis par une même passion. Cette union est suggérée par l'organisation en chiasme de leurs passions respectives : la viole est le premier objet d'amour de Madeleine, qui le déplace ensuite sur Marin Marais, tandis que, manifestement, Sainte Colombe a d'abord aimé passionnément sa femme avant d'aimer la viole. Mais la ressemblance s'arrête là, car, dans la vie de Sainte Colombe, l'objet s'est substitué à l'être aimé, au point d'ailleurs que l'instrument est devenu une représentation de l'épouse (*cf.* la tête funéraire féminine qui, dans le film, surmonte le manche de l'instrument). En revanche, le vide que laisse Marin en quittant Madeleine n'est pas comblé par la viole (⇝ PROBLÉMATIQUE 7).

La souffrance discrète de Toinette

Toinette plonge Madeleine dans la dépression en séduisant Marin. Elle s'offre à lui en connaissance de cause, déclarant que, dorénavant, « Madeleine va devenir maigre » (p. 85). Bien que cela ne soit pas formulé explicitement, on comprend qu'elle agit ainsi pour faire souffrir sa sœur, pour se venger de la préférence marquée par son père.

Dans le film, la scène du concert (séquence 5, sous-séquence 1) illustre bien la position de Toinette. Sainte Colombe et Madeleine jouent en duo. Toinette est présente, une viole entre les jambes. Elle les observe, passive. La caméra filme les jeux de regards entre les deux joueurs de viole tandis que Toinette en est exclue.

LES COURTISANS : LES VALEURS DU « MONDE »

Les courtisans, M. Caignet et l'abbé Mathieu, apparaissent dans les chapitres 4 et 5 du roman. Ils sont les envoyés du roi. Ils sont aussi les représentants d'un monde, celui de la cour, qui figure de façon implicite et constante dans tout le roman. Ces personnages incarnent un système de valeurs avec lequel Sainte Colombe est en opposition radicale. Ils préfigurent également ce que va devenir Marin Marais.

Un monde de « noyés »

Sainte Colombe, en colère, qualifie Caignet et l'abbé de « noyés » qui cherchent à « attirer les autres pour les engloutir » (p. 31). Il exprime ainsi trois vérités.

D'abord, les deux courtisans ont perdu toute indépendance. Incapables d'agir selon leur propre volonté, ils subissent les caprices du roi, auquel ils appartiennent (le roi était « mécontent de ne pas *posséder* Sainte Colombe », p. 28) et qui les meut comme des pantins. La métaphore du noyé signifie donc que ces courtisans sont comme des objets inertes, portés au fil de l'eau par le courant de la volonté royale. Sainte Colombe, lui, préfère vivre en « sauvage » et n'appartenir qu'à lui-même (p. 26).

Cette métaphore signifie aussi que la cour est caractérisée par une absence d'individualité. Dans « Les obsèques de la Lionne », La Fontaine dépeint bien cet univers : « Je définis la cour un pays où les gens,/[...] Sont ce qu'il plaît au Prince, ou, s'ils ne peuvent l'être,/ Tâchent au moins de le paraître : Peuple caméléon, peuple singe du maître » (*Fables*, VIII, 14). Les courtisans *singent*, imitent tous ensemble le roi, perdant leur existence propre. C'est un monde qui « attire les autres », les incitant à mener une vie collective et servile, durant laquelle il s'agit de se conformer à la volonté du roi.

Enfin, la métaphore des noyés qui attirent autrui pour lui faire subir le même sort tragique signifie que la cour est un monde de violence. Dans le film, la première apparition de M. Caignet se déroule d'abord sur le ton de la courtoisie. Mais, lorsque Sainte Colombe refuse l'offre royale, le courtisan affiche une certaine agressivité (à laquelle répond l'emportement du vieux musicien). De même, l'abbé Mathieu fait preuve d'arrogance et de mépris, ses propos sont insultants (p. 31). Si le roi accepte finalement de laisser Sainte Colombe tranquille, il ordonne néanmoins à ses courtisans de ne plus assister à ses concerts. Il condamne ainsi à l'isolement le musicien et sa famille.

Un monde de mensonge

Caignet se montre d'abord courtois à l'égard de Sainte Colombe. Il lui parle d'égal à égal. Ses propos sont empreints de respect : « [...] j'aurais l'honneur de me trouver à vos côtés » (p. 25). Mais, ensuite, il se montre insistant et autoritaire (p. 26), avant de se laisser aller (dans le film) à une certaine agressivité. Le passage d'une attitude à l'autre montre que le premier comportement de Caignet était hypocrite.

L'abbé Mathieu se montre moins courtois, plus franc. Toutefois, lui aussi est animé par le mensonge. Car, en homme d'Église, il a recours à une anecdote célèbre de la Bible, connue sous le nom de « parabole des talents » (« Vous cachez un talent qui vous vient de Notre-Seigneur », p. 29). Cette parabole signifie qu'il ne faut pas garder pour soi ses talents, mais les mettre au service de la communauté. En principe, le chrétien fidèle y a recours pour inciter son prochain à se montrer utile à la collectivité (et ainsi accomplir son devoir de charité). Mais, ici, la parabole est utilisée par un vil courtisan, dans le but de culpabiliser Sainte Colombe, afin de le contraindre à jouer pour le seul plaisir d'un roi capricieux. Le discours chrétien de l'abbé est donc faux, détourné de ses fonctions.

En rejoignant l'univers de la cour, Marin Marais entre dans un univers de faux-semblants et de vanité. La dernière fois que Madeleine le voit, c'est « au travers des bulles d'air » prises dans le carreau d'une fenêtre (p. 105). La bulle est l'un des motifs les plus couramment utilisés dans les natures mortes. Elle signifie la vanité des valeurs du monde terrestre, leur fragilité. Ici, le verre rempli de bulles fait obstacle entre Madeleine et Marin, pour suggérer que ce dernier refuse toute communication directe et authentique. Lorsqu'il dit à Madeleine « Tu mens » (p. 104), en réalité c'est lui qui s'est enfermé dans le mensonge. Mais, n'ayant pas le courage de se l'avouer, il retourne l'accusation contre la jeune femme. Il est ainsi devenu l'incarnation parfaite du monde courtisan, un autre Caignet, tout de vanité et d'hypocrisie.

L'OPPOSITION DES DEUX SERVANTES

Les servantes incarnent les oppositions entre le monde naturel et authentique de Sainte Colombe, et le monde vain de la cour.

La nature contre la vanité du monde

Guignotte est la cuisinière des Sainte Colombe. C'est elle qui va délivrer les deux filles de la cave où leur père les enferme dans ses accès de colère (p. 18). Quand elle leur confectionne des gaules avec des branches d'arbre pour pêcher dans la Bièvre (p. 19), elle se montre attentive à leurs jeux d'enfants tout en dévoilant une familiarité avec les choses de la nature. Proche de la nature, elle paraît l'être également par sa coiffure: le roman signale à deux reprises (p. 19 et 96) qu'elle porte les cheveux « dénoués dans le dos ». Guignotte, douée de sentiments et indifférente aux parures, est l'antithèse d'une mondaine artificielle, d'une courtisane apprêtée et fardée.

On peut comparer le personnage de Guignotte et celui de la servante de Baugin, le peintre qui « aime l'or » et entretient des affinités avec le monde de la cour. La servante du peintre est décrite comme une vieille femme portant « une ancienne coiffe en pointe sur le front ». Pascal Quignard évoque trois fois cette coiffure (p. 59, 60 et 61). Cela crée un parallélisme avec le personnage de Guignotte, dont le roman signale avec insistance qu'elle porte les cheveux dénoués. Cette focalisation sur la coiffure des servantes aboutit à une antithèse: alors que Guignotte est une femme naturelle, qui ne se préoccupe pas de sa coiffure, la servante de Baugin dissimule ses cheveux. En outre, Guignotte élève des enfants: elle est donc tournée vers l'avenir (à l'image de Sainte Colombe, lui aussi tourné vers l'avenir, dans la mesure où il invente de nouvelles techniques musicales, ne se laissant pas enfermer dans la tradition). La servante de Baugin, au contraire, est une *vieille* femme, portant une coiffe *ancienne*. C'est un personnage immobile, appartenant au passé.

L'être contre le paraître

À l'instar d'une mère, Guignotte protège et réconforte les filles de Sainte Colombe, elle joue avec elles et les nourrit. En outre, Sainte Colombe ne l'a jamais touchée, « quoiqu'il l'eût convoitée » (p. 96) : entretenant une relation érotisée avec le musicien, Guignotte est presque une épouse. Personnage à la fois maternel et conjugal, Guignotte est une femme au plein sens du terme.

Inversement, la servante de Baugin, lorsque Sainte Colombe et Marin Marais s'en vont, perd tout statut d'être humain: « la coiffe blanche en pointe s'inclina sèchement devant eux tandis que la porte se refermait dans leur dos » (p. 61). La servante, caractérisée par un angle aigu (la « pointe ») et par la sécheresse, est loin d'avoir les attraits de Guignotte. Elle n'est plus, en réalité, qu'une simple coiffe. Elle symbolise ainsi un monde de vanités, qui n'accorde de l'importance qu'au paraître, à l'ornement, au détriment de l'être.

À l'image de l'opposition entre Sainte Colombe et les courtisans, Madeleine et Toinette sont deux personnages aux caractères bien distincts, l'une étant attirée par le « monde » et l'autre, par la nature. Cette opposition, se retrouve également dans le portrait des deux servantes.

5 Le symbolisme de l'espace

Dans *Tous les matins du monde*, l'espace excède fréquemment sa simple fonction de décor pour symboliser les aspirations musicales des personnages et souligner leurs relations.

L'ORGANISATION DE L'ESPACE DANS LE ROMAN

L'espace y est organisé de manière signifiante. Cette organisation correspond au besoin de définir une manière d'être dans la vie. Elle repose en outre sur la conception de la musique défendue dans le roman.

Les antithèses spatiales

L'espace est structuré sur le mode de l'antithèse : la campagne contre la ville, la province contre Paris, la vie simple contre la vie de cour. Ces antagonismes symbolisent l'opposition entre l'être et le paraître, comme l'indique notamment le dialogue confrontant Sainte Colombe, qui vit « dans la ruine et le silence » (p. 25), et les émissaires du roi (p. 31).

Le symbolisme de l'espace s'enrichit de significations liées à la musique. Paris est une ville pleine de bruits désagréables (« claquement », « cliquetis », « cris », p. 14). On y entend aussi des bruits trompeurs : lors de la visite chez Baugin, Sainte Colombe conseille à Marin Marais d'écouter le son du pinceau, qu'il compare à un archet, mais le peintre réfute cette comparaison, avouant consacrer son art à gagner des richesses (p. 61).

La ville de Paris est pleine de sonorités incompatibles avec la musique « merveilleuse et difficile » (p. 27), authentique et *singulière*, de Sainte Colombe (p. 53-54). « Cliquetis sur les pavés » de Paris ou musique de cour, c'est la même cacophonie vulgaire. Sainte Colombe, dans son domaine campagnard, préfère produire des « bruits singuliers » et jouer une musique hors du commun.

Les espaces initiatiques

Certains lieux importants du roman sont confinés, étroits. Ce sont des espaces d'oubli et de souffrance, sous l'autorité de Sainte Colombe. En proie à la colère, il « enferm[e] [ses filles] dans le cellier ou dans la cave, où il les oublie » (p. 18). Marin Marais, dissimulé sous la cabane, subit inconfort, maladie, violence, humiliation (p. 72). Les lieux où souffrent en silence ceux qui entourent Sainte Colombe sont placés *sous* la maison (la cave), *sous* la cabane. Plus ou moins souterrains, ils s'apparentent à des lieux initiatiques traditionnels, grottes, gouffres..., où les futurs initiés descendent pour subir toutes sortes d'épreuves douloureuses.

Le roman a une indéniable dimension initiatique. Pour initier Marin à la véritable essence de la musique, son maître le fait souffrir : il brise sa viole et le compare à un hanneton, insecte qu'il aime écraser (p. 69). Car c'est en *écrasant* Marin Marais qu'il le conduira à la vraie musique. L'espace, en tant que lieu d'initiation, participe à cet écrasement : Marin Marais se tient recroquevillé sous la cabane, « le menton dans les genoux » (p. 72).

Les petits espaces

Chaque fois, l'essence de la musique est produite par des « espaces sonores », des lieux étroits qui enserrent et où les sons résonnent. Parmi les espaces musicaux étroits, en bois, on trouve évidemment la cabane, où Sainte Colombe converse avec son épouse défunte. C'est un véritable instrument : « Marin Marais épie derrière une cloison, un plancher sonore – un petit cabinet de planches qui est déjà un instrument de musique[1]. » Autre lieu musical : la viole elle-même, dont les parois enserrent la pièce nommée *âme*. La viole, comme la cabane, est un endroit sonore, servant d'espace de rencontre avec le monde des morts.

D'autres lieux sont apparentés à la viole et à la cabane. D'abord la barque, qui « [a] l'apparence d'une grande viole » (p. 34), et où Sainte Colombe, au moyen du rêve, « convoque » son épouse défunte. Ensuite le carrosse, autre espace confiné en bois. C'est ce moyen de transport qui permet à Sainte Colombe de se rendre dans une chapelle pour jouer de la viole, puis de converser avec le fantôme (p. 77-78). Comme les autres lieux musicaux, le carrosse sert d'intermédiaire entre Sainte Colombe, la musique et l'au-delà.

LA SYMBOLIQUE DE L'ESPACE DANS LE FILM

Sainte Colombe et Marin Marais entretiennent des relations d'opposition et de complémentarité (→ PROBLÉMATIQUE 3). Cela se vérifie par l'étude de la symbolique spatiale de leur première rencontre.

Les postures

Sainte Colombe et Marin Marais ont des aspirations divergentes, le premier vivant son art comme un absolu, alors que le second veut utiliser la viole comme tremplin pour son ascension sociale. Cette opposition se vérifie dès la première rencontre. Devant le musicien et ses filles, le jeune Marin expose son désir de « devenir un violiste célèbre ». Ce désir est mis en rapport avec le « dégoût » (mot employé dans le film), la « répugnance » (p. 43), que lui inspire le métier de son père. Cette déclaration ne suscite

1. Pascal Guignard, *La Leçon de musique,* Hachette, 1987 ; Folio 2002, p. 29.

que du mépris chez Sainte Colombe, qui « hausse les épaules » (p. 44). Il est clair que Marin cède aux valeurs mondaines que rejette Sainte Colombe. Dès leur première rencontre, le thème de la socialisation réunit donc, mais en les opposant, les deux personnages.

Dans le film, cette relation est mise en scène au moyen de l'espace. Marin Marais et Sainte Colombe se font face, l'un debout, l'autre assis. Ces attitudes sont conformes aux usages. Il est néanmoins possible de les interpréter. Sainte Colombe est immobile dans son fauteuil, mais aussi dans la vie qu'il mène, reclus à l'intérieur de sa maison, en compagnie de sa famille : « Il passait pour ne *jamais les quitter* » (p. 57-58 ; nous soulignons). L'immobilité est une caractéristique de Sainte Colombe. À l'inverse, Marin Marais est debout. Cette posture, qui le dynamise, est symboliquement conforme aux rapports qu'entretient ce personnage avec l'espace social : il a le désir de *s'élever* dans la société. Durant cette première rencontre, Alain Corneau filme souvent le visage de Guillaume Depardieu à partir d'un point bas, de manière à restituer le point de vue des Sainte Colombe assis, mais pour symboliser aussi le fait que le personnage veut se situer socialement plus haut que les autres.

L'opposition spatiale

Ces jeux de signification sont soulignés par l'espace de la salle où se trouvent réunis les protagonistes. Guillaume Depardieu est filmé dos au mur. Il est encadré par des étagères horizontales (au-dessus de sa tête et au niveau de ses cuisses) et leurs montants verticaux (à sa gauche), ainsi que par l'un des bords de la caméra (à sa droite). Marin Marais se tient ainsi dans un espace à angles droits, un rectangle. Cet encadrement est une métaphore visuelle, référant au fait que le personnage est enfermé entre des bornes étroites et rigides. Marais est *limité*, au sens strict du terme, par son désir de se conformer aux valeurs de la société mondaine.

Face à lui se tiennent les Sainte Colombe. Ils tournent eux aussi le dos à un mur, mais celui-ci est constitué d'une énorme cheminée et d'une porte. On retrouve le jeu des verticales et des horizontales (montants et linteaux de la cheminée, de la porte). Toutefois, les analogies entre la géométrie à laquelle est associée cette famille et celle qui encadre Marais servent surtout à mettre en relief une opposition majeure : cheminée et porte sont des espaces *ouverts*. La porte laisse notamment entrevoir une autre pièce, dotée d'une seconde porte. Se dessine ainsi une perspective totalement absente de l'espace circonscrivant Marais. Cheminée et porte symbolisent la liberté des Sainte Colombe, leur capacité à s'affranchir des règles pour inventer du nouveau.

De l'antithèse à l'analogie

L'espace organisé par Alain Corneau dans cette scène parvient surtout à restituer la dialectique complexe imaginée par Pascal Quignard entre les personnages. Il montre en effet que les oppositions sont en réalité transcendées par de forts points communs. Puisque Marin Marais et Sainte Colombe sont encadrés par des verticales et des horizontales disposées en rectangles, ils sont liés par un même rapport à l'espace. L'image du rectangle est de surcroît mise en vedette par la longue table posée entre les personnages. Cela renforce le sentiment que, par-delà leurs divergences, ces antagonistes sont en réalité proches. D'autant que, dans la séquence précédente, c'est une petite table rectangulaire qui relie Sainte Colombe au fantôme de sa femme défunte. Cette table est si importante que le musicien la fait peindre par Baugin. Un lien identique, de nature spatiale, géométrique, unit Sainte Colombe à son épouse disparue, puis à Marin Marais.

Ce lien est confirmé par le système des couleurs, moins rigide qu'il n'y paraît. Marin Marais porte une veste rouge, de la même teinte que le tissu du fauteuil dans lequel se tient Sainte Colombe. En outre, la porte ouverte derrière le musicien et ses filles a la couleur – marron, ocre... – du mur et des étagères encadrant Marais.

Cette teinte est également celle de la longue table entre Sainte Colombe et son interlocuteur, ainsi que de la jupe de Toinette. En outre, Madeleine apporte un instrument de cette même couleur à Marin Marais. Suivant l'ordre de son père, elle passe par la porte ouverte pour aller chercher, dans la seconde pièce, une viole qu'elle va ensuite confier à Marin Marais. Or la viole est marron clair. Quand Anne Brochet s'avance vers Guillaume Depardieu pour lui tendre l'instrument, on a l'impression qu'elle lui apporte aussi une tache chromatique extraite de la porte ouverte. Comme si elle lui offrait un peu de l'esprit de musicalité et de liberté propre à la famille Sainte Colombe, dont le jeune homme, malgré tout, serait digne.

L'espace, dans *Tous les matins du monde*, est donc loin d'être un simple décor. Au même titre que la musique, il est l'un des principaux protagonistes de l'intrigue. L'espace symbolise les oppositions et les relations entre les personnages, en même temps qu'il renvoie à des conceptions musicales.

6 À la recherche du temps « jadis »

Pour Pascal Quignard, le temps pèse sur tout homme. Dans ses récits, cette idée transparaît. Il déconstruit la linéarité du temps et recherche un autre régime temporel, le « jadis », comme il le nomme, qui est une suspension du temps. L'homme l'a déjà connue dans le ventre maternel, et il peut la retrouver par l'écriture et la musique. La nostalgie du temps perdu peut donc être une force créatrice.

LE DÉMONTAGE DU TEMPS

Pascal Quignard est un auteur érudit, qui s'intéresse aux traces du passé. Il récolte les menus détails de la grande Histoire, du temps réel, qu'il agence à sa guise, pour laisser plus de place à un autre régime temporel, plus personnel, plus profond : le « jadis ».

Le temps fragmenté de l'Histoire

Quignard inscrit délibérément ses fictions dans des cadres historiques passés. Mais il n'écrit pas en historien. Il n'utilise les dates que si elles sont inutiles. Restituer un passé historique, noter la succession chronologique et précise des événements ne l'intéressent pas. Floues, les dates interviennent de manière artificielle et accessoire : « Au printemps 1650 » (p. 9), « l'hiver 1684 » (p. 95) ou « l'an 1689, la nuit du 23e jour » (p. 110) sont des notations sans véritable utilité, de surcroît générales et vagues (sauf, en apparence, la troisième, mais de quel mois s'agit-il ?). Le roman s'attache aux seules *traces* du passé.

Tous les matins du monde montre tantôt un épisode de la vie de Sainte Colombe (chap. IX), tantôt un épisode de celle de Marin

Marais (chap. XXVII), sélectionne les seuls signes du passé qui intéressent Quignard (le chapitre XXII commence en « 1684 », cinq ans après le chapitre précédent, qui porte sur « juin 1679 »). Comme pour montrer combien est ténue la solidarité entre la grande Histoire et cette collecte des signes, le chapitre XV s'ouvre sur la persécution des « Messieurs de Port-Royal » et leur projet de s'installer en Amérique, sans que ces faits entretiennent un rapport explicite quelconque avec les considérations (sur l'amitié entre Sainte Colombe et M. de Bure) qui leur succèdent. À côté des détails historiques, Quignard laisse la place à des parenthèses de rêverie, moments qui n'appartiennent pas au déroulement chronologique, mais plutôt au « jadis ».

Le temps suspendu du « jadis »

Pascal Quignard prend donc souvent le parti de ce qu'il appelle le « jadis », sorte d'intemporalité. Au lieu de chercher la succession des événements, l'enchaînement des actions, il cherche plutôt à suspendre le temps entre deux actions. Le « jadis » est une sorte de temps inconscient, une suspension de la linéarité temporelle. Passé, imprécis, c'est le temps prénatal, le moment des premières perceptions auditives du fœtus, qui n'appartient à aucun enchaînement chronologique, aucun récit. Certaines expériences nous mettent en relation avec le « jadis » : l'enfance, la musique, la lecture, l'écriture, le rêve.

LA SUSPENSION DU TEMPS

Pascal Quignard conçoit le temps comme une longue attente à laquelle seuls échappent les enfants, qui jouissent de la vie dans un présent perpétuel, sans se soucier du passé ni de l'avenir. Selon lui, il est néanmoins possible d'échapper à la tyrannie du temps, par l'écriture et par la musique.

Grâce à l'écriture

L'écriture peut suspendre le temps, en faisant naître des scènes fixes. Pour cela, elle a recours à l'imparfait. Dans la scène qui suit la visite à Baugin, nous avons un exemple de cette suspension du temps (« Ils virent des seigneurs qui *jouaient* entourés de leurs gens. [...]. Tandis que les actrices *déclamaient* avec de grands gestes étranges, Sainte Colombe *chuchotait* à l'oreille de Marais », p. 62). L'imparfait a pour caractéristique de ne pas indiquer le terme, l'achèvement de l'action (*imperfectus*, « inachevé, incomplet »). Exprimant particulièrement bien l'idée de durée, il est souvent utilisé dans les textes descriptifs. Ici, il permet de stabiliser la scène, de la décrire comme s'il s'agissait d'un tableau. L'analogie avec la peinture est renforcée par la thématique de la vision: les regards de Sainte Colombe et de Marin Marais (*cf.* la répétition de « ils virent ») offrent des supports à la vision mentale du lecteur.

Une autre manière de créer de telles scènes consiste à utiliser le participe présent et la répétition. Lors d'une leçon de viole de Madeleine, le lecteur assiste à une véritable scène: « Madeleine lui montrait sur sa viole [...]. Ainsi ils se touchaient » (p. 71). Le participe présent est un mode qui n'indique pas l'achèvement de l'action. À l'instar de l'imparfait, il la décrit dans son déroulement, et peut donc avoir une valeur descriptive, participant ainsi à l'élaboration d'une scène immobile. La répétition vient en renfort: « disposant sa main », « disposant le mollet », « disposant le coude ». Toute répétition contrevient au principe de linéarité, de progression discursive, et s'apparente à un discours en quelque sorte bloqué. Ici, elle donne de l'épaisseur à la description.

Grâce à la musique

L'écriture n'est pas le seul remède à l'écoulement du temps. La musique est aussi un art permettant d'avoir accès à un régime temporel autre. À l'écoute d'une pièce musicale, le temps qui passe devient une source de plaisir. Désireux d'entendre l'ensemble de cette pièce, nous en attendons même la suite. Cela signifie que, sous l'influence de la musique, nous pouvons éprouver du plaisir devant la fuite du temps. La musique rend l'attente, non seulement tolérable, mais agréable.

Ainsi, plusieurs scènes musicales dans le film suspendent le temps. Quand Sainte Colombe joue, le plan fixe sur le visage concentré ne distrait pas le spectateur, qui finit par oublier le temps, imprégné, comme le comédien, par la musique. En outre, la musique a d'autant plus le pouvoir de suspendre le temps qu'elle renvoie à notre première expérience du monde, dans le ventre de notre mère, inconscients de l'écoulement temporel et uniquement sensibles aux sons (c'est le premier sens que la vie nous octroie). C'est ainsi que la musique, davantage que la peinture ou la littérature, a le pouvoir de nous mettre en contact avec le « jadis ».

LA MÉLANCOLIE CRÉATRICE

Ce « jadis » renvoie à une suspension temporelle que l'individu, selon Pascal Quignard, a connue dans le ventre de sa mère. Tout homme est méiancolique, nostalgique de cet état bienheureux, affranchi de la tyrannie du temps. Cette mélancolie n'est pas néfaste à l'artiste, car elle est source de création.

La nostalgie du « paradis perdu »

Tout homme recherche l'état de béatitude où il se trouvait avant la naissance, dans l'utérus de la mère. Le deuxième chapitre des *Paradisiaques*[1] est, à l'origine, une scène supprimée de *Tous les matins du monde*. Il raconte la mort de Monsieur de Vauquelin. Avant que Sainte Colombe ne joue, le mourant formule le souhait de « revoir le lieu où [il a] pris naissance ». Vauquelin ordonne ensuite qu'Annette, la servante, enlève son tablier, monte sur le lit, se place juste au-dessus de lui, écarte les jambes et le laisse

1. Pascal Guignard, *Paradisiaques*, tome IV de *Dernier Royaume*, Grasset, 2005.

regarder son sexe. Dans la scène suivante, il demande à Annette de coller son ventre sur son visage. Il dit alors : « Comme c'est chaud, humide, vivant, odorant, doux ! Telle était ma première maison ! Comme je t'ai aimée. » Le souhait ultime de Monsieur de Vauquelin est de retrouver le paradis perdu qu'est le ventre de la mère.

C'est aussi le sens du rêve de Sainte Colombe (p. 35). Le film rend bien compte de cette symbolique onirique durant l'immersion dans le lac. L'écran noir fait référence à la fois au milieu aquatique du lac et au fantasme de la nuit originelle. Corneau choisit un raccourci filmique pour symboliser le lien entre le rêve et le milieu utérin. Là où le roman mentionne le regard de Sainte Colombe sur les « vagues de l'onde » (p. 35), la caméra s'attarde sur celui de Jean-Pierre Marielle, mais aussi sur son geste : la main plonge dans l'eau, qu'elle remue, affirmant ainsi un rapport sensualiste à l'élément primordial. Cette expérience du rêve en milieu aquatique permet de retrouver quelque chose de la matrice maternelle, la « première maison », dont l'homme conserverait un souvenir mélancolique.

Le dynamisme de la mélancolie

Le créateur, à l'instar de Quignard, ou de Sainte Colombe, ne cherche pas à échapper à cette mélancolie. Au contraire, ce qui est perdu est une chance. Sainte Colombe prend un plaisir « passionné » à convoquer ce passé perdu (p. 73-74). La perte du passé est ce qui nous fait vivre, parce qu'elle nous pousse en avant, nous entraîne dans une quête. La perte agit sur nous en un double mouvement : elle nous ramène en arrière et elle nous tire en avant.

Dans le film comme dans le roman, une phrase (« En se réveillant, il se souvint du *Tombeau des regrets*, qu'il avait composé quand son épouse l'avait quitté », p. 35), formulée au sortir du rêve, fonctionne comme un déclencheur : aussitôt après la remémoration, Sainte Colombe regagne sa cabane et joue. C'est alors que survient le fantôme de l'épouse. On voit ainsi se dessiner une dynamique : le souvenir suscite l'action artistique ; celle-ci, à son tour, convoque le passé, et le fait revivre sous la forme du revenant.

La course du temps peut être insupportable. Mais Pascal Quignard choisit de conjurer cette fatalité par le démontage de l'Histoire et la recherche du « jadis », suspension du temps déjà éprouvée par le fœtus que nous avons été. L'écriture et la musique sont deux moyens de retrouver ce régime temporel. La nostalgie de l'artiste devient donc un moteur, qui le pousse à créer une œuvre capable de le mettre en relation avec le « jadis ».

7 La mélodie de la mort

La tonalité de *Tous les matins du monde* est profondément mélancolique. Le début du roman est marqué par la mort de Mme de Sainte Colombe. La relation de Marin et Madeleine aboutit au suicide de cette dernière. La fin du roman coïncide avec le souhait de mourir qu'exprime Sainte Colombe (p. 111). Si la mort est omniprésente dans le récit, c'est parce qu'elle est indissociable de la création musicale.

LA MORT À LA SOURCE DE LA CRÉATION MUSICALE

Les femmes ont la faculté de susciter la création musicale. En particulier lorsqu'elles sont mortes : c'est à la suite de la mort de Madeleine que Marin Marais cherche à perfectionner son art en puisant son inspiration auprès de son maître ; c'est parce que sa femme meurt que Sainte Colombe s'enferme dans la musique et se met à « héler » l'invisible. Comme le dit Alain Corneau, la pratique artistique du maître est ici un « cannibalisme des femmes[1] ». La mort des femmes sert le projet musical.

La mort de Mme de Sainte Colombe

Sainte Colombe est un veuf inconsolable. Mais la création lui permet d'échapper à la dépression. La comparaison avec le destin de sa fille le met bien en évidence : Madeleine, elle, ne parvient pas

1. *Cahiers du cinéma*, n° 451, p. 68.

à faire le deuil de sa propre relation amoureuse. Contrairement à sa fille, Sainte Colombe reste en contact avec son amour perdu grâce à la musique : après la mort de sa femme, il compose *Le Tombeau des regrets* et, lorsqu'il joue cet air, sa femme lui apparaît.

Les visitations

Le chapitre VI raconte la première apparition, qui fait suite à un rêve étrange. Alors que Sainte Colombe se trouvait dans sa barque, « il rêva qu'il pénétrait dans l'eau obscure et qu'il y séjournait » (p. 35). Le rêve fait penser au voyage au pays des morts, vers les Enfers. Il compose d'ailleurs *La Barque de Charon*. Charon est le nom du personnage mythologique qui, sur sa barque, emmène les âmes des défunts au pays infernal. Sainte Colombe serait comme Orphée qui, grâce à sa lyre, a pu endormir Cerbère et retrouver Eurydice aux Enfers.

Mais, à la grande différence d'Orphée[1], Sainte Colombe voit plusieurs fois son épouse, qui le visite à plusieurs reprises. Ce privilège le conduit à la création musicale. Il sait qu'il pourra revoir sa femme grâce à sa viole. Il est donc poussé à créer et à composer. Sans la mort de son épouse, aurait-il eu cette motivation ? Car la musique lui permet à la fois d'exprimer sa peine (→ PROBLÉMATIQUE 10) et d'y remédier par la convocation de la morte.

La représentation de la morte

Les apparitions n'inspirent ni frayeur ni stupeur. La revenante n'est pas une ombre, une simple silhouette abstraite. Elle est comme une vivante, en chair et en os, simplement « très pâle ». Dans le roman, les scènes où elle apparaît ne sont pas fantastiques. Racontées en toute simplicité, elles paraissent familières, presque

---

1. Dans le mythe d'Orphée, les retrouvailles des deux époux n'ont lieu qu'une fois. Orphée, grâce à sa musique enchanteresse, endort Cerbère (chien monstrueux à trois têtes qui garde l'entrée des Enfers) et les Euménides (divinités infernales). Il parvient à convaincre le dieu Hadès de repartir avec son épouse. Mais le dieu pose une condition : Orphée ne doit pas se retourner pour regarder sa femme avant d'avoir rejoint le monde des vivants. Au moment de quitter les Enfers, Orphée, inquiet du silence d'Eurydice, se retourne. Celle-ci disparaît alors définitivement dans les ténèbres.

normales. Le lecteur ne comprend pas tout de suite qu'il s'agit véritablement d'une « apparition » : « Tandis que le chant montait, près de la porte une femme très pâle apparut qui lui souriait tout en posant le doigt sur son sourire en signe qu'elle ne parlerait pas et qu'il ne se dérangeât pas de ce qu'il était en train de faire » (p. 36-37). La juxtaposition des phrases courtes, la description sommaire de l'épouse, de ses mouvements, concourent à rendre ordinaire cet événement surnaturel. L'épouse garde des caractéristiques humaines, agissant à l'instar d'une vivante qui viendrait écouter le musicien : « Elle contourna en silence le pupitre », « Elle s'assit sur le coffre à musique » (p. 37). C'est avec une économie de moyens étonnante que la première phrase du paragraphe suivant explicite le caractère surnaturel de la situation : « C'était sa femme et ses larmes coulaient » *(ibid.)*.

Cette simplicité et ce naturel sont repris par Corneau. Le fantôme est filmé de la même manière qu'un vivant. La comédienne apparaît à l'écran sans artifice. Cette représentation de l'au-delà rappelle celles de Georges de La Tour et de Philippe de Champaigne (→ PROBLÉMATIQUE 9). Georges de La Tour représente Saint-Joseph charpentier ou Madeleine comme des êtres humains ordinaires. Aucune auréole, aucun indice pictural ne permet d'identifier les saints. Le caractère surnaturel des scènes et des personnages apparaît dans les marges de la représentation. Chez de La Tour, c'est le titre des tableaux qui explicite le surnaturel. Chez Quignard et Corneau, la gaufrette émiettée et le verre laissé à moitié vide après la disparition de la revenante font comprendre qu'il s'agit d'apparitions spectrales.

L'évacuation du fantastique est un élément important. Ne provoquant ni terreur, ni stupeur, les apparitions sont propices au recueillement, à l'introspection et donc à la création musicale.

La dépression de Madeleine

Véritable tragédie au cœur du roman, le suicide de Madeleine est préparé par son attachement univoque à Marin Marais (→ PROBLÉMATIQUE 11). Cette mort apparaît comme l'ultime réponse à la souffrance de la jeune femme, en même temps qu'elle constitue, pour Marin Marais, l'élément déclencheur du retour vers son maître.

L'impossibilité du langage

Pour Quignard, la dépression est une maladie du langage. Est dépressif celui qui ne peut parler, qui n'a plus foi en la langue pour exprimer ses tourments. Madeleine présente avec un autre personnage dépressif de Quignard un certain nombre de points communs, qui éclairent les origines et la conséquence de sa maladie. Amiens, le personnage de *Carus*, était aussi musicien avant de sombrer dans la dépression. Il se réfugie dans la solitude après avoir pris conscience de l'inanité de la vie. Il ne croit plus en rien. Sa dépression devient une maladie du langage lorsqu'il constate que les discours « prétendent mettre de l'ordre dans le monde » alors qu'ils en sont incapables[1].

Madeleine a certaines difficultés avec le langage. Par exemple, lorsque Sainte Colombe punit ses filles, Toinette exprime de la colère, alors que Madeleine s'enferme « dans son silence » (p. 19). Toutefois, elle maîtrise le langage de la musique. Aussi, lorsqu'elle cesse de croire au pouvoir de ce langage, plus rien ne peut l'aider à exprimer son désordre intérieur. On voit bien ici la différence avec son père qui, après le décès de son épouse, trouve dans la viole le moyen de remédier à sa douleur et d'échapper à la dépression (→ PROBLÉMATIQUE 10). Pour Madeleine, la viole est l'outil de communication avec son père et avec son amant. Et la musique qui sort de cette viole est le seul langage possible. Mais la communication avec Marais échoue. Devant l'échec de ce langage, la seule solution est la mort.

1. Pascal Quignard, *Carus*, Gallimard, 1979 ; édition revue et corrigée, Folio, 1990, p. 29.

Dans *Carus*, ce sont des amis qui essaient de soigner Amiens par des conversations sans but précis, sans intérêt, à l'image du monde qui est dénué de sens. L'amitié est alors « un art du vide[1] » qui permet de mieux accepter le vide existentiel. Mais Madeleine n'a personne avec qui entretenir un dialogue, un échange musical. Seul Marin Marais avait, à ses yeux, cette fonction. D'ailleurs, lors de leur dernière entrevue, elle lui demande de jouer de la musique. Dépourvue d'interlocuteur, elle n'a aucun moyen d'échapper à la mort. C'est pourquoi le suicide est pour elle la seule solution.

La mort, élément déclencheur

La mort de Madeleine agit comme un déclencheur sur Marin Marais. Après sa mort, il se réveille la nuit, hanté par l'idée que les plus beaux airs du monde soient perdus à jamais (p. 108). Ces airs sont ceux dont lui avait parlé Madeleine: *Les Pleurs*, *Les Enfers*, *L'Ombre d'Énée*, *La Barque de Charon*... C'est donc la mort de la jeune femme qui le ramène à Sainte Colombe, à la source de la vraie musique. La métamorphose de Marin Marais en musicien authentique s'opère à partir de l'épisode tragique du suicide.

LA VOIX DES MORTS

Si la mort des femmes est à l'origine de la création musicale, elle est aussi omniprésente dans le son même de la musique – véritable souffle et voix fantomatique.

Une « présence fantomatique »

Pour Pascal Quignard, le rôle de l'exécution musicale est d'« accueillir, pendant quelques instants, une présence fantomatique[2] ». Il n'est donc pas étonnant que l'instrument entretienne des relations avec le fantôme dont il se fait l'écho. *Dans Tous les matins du monde*, la viole de Toinette apparaît « enveloppée

1. Pascal Quignard, *La Leçon de musique*, *op. cit.*, 2002, p. 316.
2. *Ibid.*, p. 32-33.

comme un fantôme » (p. 22). La cabane, la barque, et même le carrosse, lieux associés aux apparitions du fantôme de Mme de Sainte Colombe, sont analogues à la viole. Le film montre en outre à plusieurs reprises la viole de Sainte Colombe ornée d'une figure funéraire[1]. Lors de l'installation du musicien dans sa cabane, la caméra fixe cette figure en gros plan.

Quel est ce fantôme, dont la musique nous « donne à entendre la voix » ? Manifestement, celui de la mère. Car la voix d'avant la mue, celle qui « est à jamais cassée[2] » et dont la musique a pour fonction de compenser la perte, est celle qui « liait le corps [de l'enfant] à la langue maternelle [...], à la voix de la mère[3] ». Dans *Tous les matins du monde*, le fantôme de Mme de Sainte Colombe est celui d'une épouse et d'une mère – la première apparition a d'ailleurs lieu après l'évocation de la maternité de Mme de Sainte Colombe (p. 34-35 ; → PROBLÉMATIQUE 10).

Le souffle

Pascal Quignard exploite l'ambiguïté du mot *souffle*. Celui-ci peut désigner l'âme du mourant (comme dans l'expression *le dernier souffle d'un agonisant*). Mais il peut aussi désigner l'air que l'on produit en expirant (*être à bout de souffle*). En jouant sur ces deux significations, l'écrivain suggère que le souffle est un son musical produit par la voix, capable de communiquer avec les morts.

---

1. « Pierre Jaquier, le luthier spécialisé, a mis plus d'un an à fabriquer la viole de Sainte Colombe, selon les règles d'époque, avec les bois spéciaux requis. Pour la tête de viole, je lui ai demandé de reproduire la figure d'une statue funéraire trouvée dans le livre de Philippe Ariès, *L'Homme devant la mort : une revenante voilée* » (Alain Corneau, *Projection privée. Souvenirs*, *op. cit.*, p. 227).
2. *La Leçon de musique*, *op. cit.*, p. 33.
3. *Ibid.*

Le souffle : âme et voix

Dans *La Haine de la musique* est évoquée la figure du chaman, « dont la spécialité est la chasse aux souffles, aux voix, aux esprits ». La mission d'un chaman est de guérir les malades en allant chercher leurs âmes (leurs « souffles ») dans le monde des morts. Il effectue ce voyage lors d'une transe, qui est l'expression de la vraie musique : « Le chaman peut aller chercher n'importe quel souffle dans ses voyages pour le faire revenir [...] au terme de la transe musicale[1]. » La transe, état d'extase, est en effet produite par le rythme lancinant de tambours et de chants (ces derniers étant des « souffles », des « voix »). Le mot *souffle* désigne ainsi, chez Quignard, l'âme, mais aussi un chant, une musique capable de communiquer avec les morts.

L'idée que le souffle est à la fois l'âme du mort et une sorte de musique apparaît nettement dans *La Leçon de musique*. La mort de l'empereur Tibère, étouffé par Macron entre deux matelas, y est décrite comme une forme musicale parfaite : « Quelle est l'essence de la musique pour moi ? C'est le bruit étouffé que fit Tibère mourant – étouffé entre deux matelas sous les mains de Macron[2]. » Le souffle est à la fois l'âme perdue par l'agonisant et l'air qu'il expire. Il est aussi l'expression d'une musique : « *Ce qu'expire* l'empereur définit la mélodie » (*ibid.* ; nous soulignons).

L'esprit des morts dans *Tous les matins du monde*

Ces idées permettent de comprendre la relation entre les deux sens du souffle (mélodie et âme) et la mort dans le roman. À son mari qui souffre de ne pouvoir la toucher, Mme de Sainte Colombe répond qu'il « n'y a rien à toucher que du vent » (p. 91). « Croyez-vous qu'il n'y ait pas de souffrance à être du vent ? » ajoute-t-elle. Le fantôme est une âme-souffle, il est constitué de vent.

Ensuite, la revenante déclare que c'est le souffle du vent qui lui apporte « des bribes de musique ». La musique de Sainte Colombe

---

1. Pascal Quignard, *La Haine de la musique*, Calmann Lévy, 1996 ; Folio, 1997, p. 126-128.
2. *La Leçon de musique*, *op. cit.*, p. 75.

permet la communication avec les morts, parce qu'elle-même est un souffle, puisqu'elle est portée par le vent. Sainte Colombe assimile d'ailleurs le fait de jouer à l'acte de « parler », de produire des mots par le souffle de la voix (p. 79).

Enfin, la mort de Madeleine s'apparente à celle de Tibère : elle se pend. Étouffée, elle meurt faute de pouvoir respirer. Comme l'empereur, elle n'est plus capable d'inspirer l'air, elle ne peut que l'expirer. Le chapitre racontant ce suicide débute par : « Elle soufflait » (p. 105). Cette idée est répétée plus bas : « Elle soufflait comme si les trois quarts du souffle dont elle disposait étaient taris » (p. 105-106). Cela signifie que Madeleine trouve la mort en perdant tout son souffle. Juste avant son suicide, elle a demandé à Marin de jouer. Le souffle qu'elle expulse en mourant est le dernier langage, d'essence musicale, qu'elle est capable de produire pour communiquer avec son ancien amant.

La mort est omniprésente dans *Tous les matins du monde* parce qu'elle est indissociable de la création musicale, autre thème majeur du roman. C'est en effet la mort des femmes qui incite les hommes à perfectionner leur art. En outre, la mort est constitutive de la musique, voix fantomatique de la mère et dernier souffle de l'agonisant.

8 Une écriture recherchée

Pascal Quignard écrit dans une langue très personnelle, immédiatement reconnaissable. Ce sont les caractéristiques de ce style que nous allons examiner ici. Nous verrons que l'écriture est au service de certains des thèmes de prédilection de l'écrivain : la musique, l'imperfection de la langue, le « jadis ».

LA MUSICALITÉ DE L'ÉCRIT

Le style de *Tous les matins du monde* est d'abord une recherche de rythme. L'écriture approche au plus près la musique.

La recherche de la brièveté

Pascal Quignard « n'écrit pas d'abord avec sa main ou avec son esprit mais, comme un compositeur, à l'oreille[1] ». Il utilise les ressources de la poésie pour faire entendre la musicalité des mots, cherchant un rythme, une « scansion quasi poétique[2] ». Dans l'ensemble de son œuvre, ce rythme est produit par des procédés relevant de la prose brève et fragmentée : paragraphes courts et isolés, sentences, aphorismes[3], qui donnent aux textes une forme hachée, discontinue.

Dans *Tous les matins du monde*, on ne relève pas de fragment isolé à proprement parler, mais l'esthétique de la prose brève y est

1. Alexandre Eyries, « Pascal Quignard : la voix du silence », *Loxias*, n° 14, 2006.
2. Dominique Rabaté, *Pascal Quignard*, *op. cit.*, p. 14.
3. *Aphorisme :* formule brève et frappante, resserrée autour d'une vérité exprimée de façon énigmatique.

tout de même présente par le biais des chapitres, très courts (les chapitres VII, IX, XXII, par exemple, comptent à peine deux pages). Aphorismes et sentences sont inclus dans le récit (au lieu d'être isolés, comme cela arrive généralement). On en trouve en particulier lors du dialogue du chapitre XXVII : « l'or n'est rien d'audible », « il faut laisser un verre aux morts », « un petit abreuvoir pour ceux que le langage a désertés »... (p. 114). On remarque l'usage du présent de vérité générale (ou gnomique) : « est », « il faut ». Ces formules définissent de façon brève et très énigmatique l'essence de l'art selon Sainte Colombe. Elles-mêmes relèvent d'une forme d'écriture toute musicale.

Une ponctuation personnelle

Le procédé le plus significatif de cette musicalité de l'écrit est l'élaboration d'une ponctuation particulière. Quignard omet très souvent les virgules pour détacher les informations accessoires : « Il s'installa dans le froid *serrant sur lui sa cape noire* » (p. 110), « Il éprouvait *en la voyant* du bonheur » (p. 39), « Il posa *sur le tapis bleu clair qui recouvrait la table où il dépliait son pupitre* la carafe de vin » (p. 36 ; nous soulignons). Les phrases sont généralement peu ponctuées, ce qui est une manière d'inviter le lecteur à reconsidérer la logique des informations qu'elles véhiculent. En outre, cela confère à l'écriture un rythme très particulier. La phrase se lit sans pause, sans respiration, le lecteur est contraint de chercher ce qui en constitue le rythme.

Des répétitions cacophoniques

Dans cette recherche rythmique, Quignard privilégie les répétitions que nos usages modernes considéreraient comme des lourdeurs : « dans le cellier *ou* dans la cave, *où* il les oubliait » (p. 18), « La musique est simplement là pour *parler* de ce dont la *parole* ne peut *parler* » (p. 113). Ces répétitions créent souvent des redondances : « *même* Madeleine, *même* Toinette ne surent rien » (p. 38), « *il* prit un crayon et *il* demanda » (*ibid.*),

« les thèmes *que* ses entretiens ou *que* ses rêveries lui avaient inspirés » (p. 39). Elles peuvent même aller jusqu'à la cacophonie : « L'enfant la plus petite fit de vives colères et presque des tempêtes que lui fût refusé l'honneur que son père consentait à sa sœur » (p. 21). Les occurrences du phonème /k/ (« colères », « presque », « que », « que », « consentait ») se succèdent rapidement.

L'écriture approche ainsi constamment les limites de la maladresse, de manière à nous faire réfléchir sur ce qui constitue sa fonction essentielle. Il s'agit moins de respecter les usages normatifs de la langue que de produire des rythmes susceptibles de transporter le lecteur au cœur d'un langage foncièrement musical.

LE TRAVAIL SUR LE LEXIQUE

Dès son premier essai[1], Pascal Quignard souligne la séparation entre le langage et le monde : les langues ne peuvent rien évoquer de réel. Il se lance donc dans une quête : affirmer malgré tout, au moyen d'un langage imparfait, une vérité. Cette quête, infinie, est celle du mot le plus juste possible.

Comparaisons et métaphores retravaillées

Dans *Tous les matins du monde*, cette quête de la formulation juste se traduit notamment par les métaphores et les comparaisons, qui servent généralement à préciser la pensée. Pour rendre compte de la puissance de la colère de Sainte Colombe face à Marin Marais, Quignard recourt à la comparaison suivante : « comme un homme qui se noie sans retrouver le souffle » (p. 68). Pour décrire la taille de la viole de Toinette : « petite, comme les ânons sont aux chevaux » (p. 22). Et la maigreur de Madeleine est comparée à celle des « chardons » (p. 98).

1. *La Parole de la Délie : essai sur Maurice Scève*, Mercure de France, 1974.

Surtout, en retravaillant les métaphores et les comparaisons, Quignard ouvre de nouveaux horizons de sens. Ce travail consiste d'abord à modifier légèrement les images : dans la phrase « Monsieur de Sainte Colombe était blanc *comme du papier* » (p. 31), la comparaison est inhabituelle, car on dit plutôt « blanc comme un linge ». Cette modification joue un rôle important : en rapprochant le teint de Sainte Colombe et le papier, Pascal Quignard crée un lien entre la nature de ce personnage et une partition musicale.

Le travail sur les métaphores consiste à les rendre à leur sens littéral. De cette manière, l'écrivain réactive des significations concrètes : « Je vais vous confier un ou deux arias *capables de réveiller les morts* » (p. 115). La musique chez Quignard sert à convoquer le passé, comme on le voit avec le fantôme de Mme de Sainte Colombe, qui revient du monde des défunts pour écouter jouer son mari. On comprend donc que cette métaphore, usuelle et triviale, dénuée d'ordinaire de sens concret, est ici à comprendre littéralement. Notons que les répétitions peuvent aussi réactiver les significations concrètes : « C'est ainsi qu'ils jouèrent *Les Pleurs*. [...] Ils pleuraient » (p. 117). La répétition mêle des pleurs abstraits (le titre d'une pièce musicale) et des pleurs concrets (ceux des personnages), de manière à suggérer le pouvoir effectif de la musique, qui agit concrètement sur les êtres.

En jouant de la sorte sur les images, Quignard contraint son lecteur à reconsidérer avec attention des représentations *a priori* banales. Nous entrons ainsi dans un univers de fiction poétique, doté de ses significations propres.

Une écriture archaïsante

Dans le même ordre d'idées, Quignard recourt à des termes archaïsants, sortis de l'usage ou simplement surannés : « il avait l'air plus *quiet* » (p. 39), « Il frappait le *marmot* » (p. 59 ; *marmot*, au XVIe siècle, désigne un heurtoir de porte), « ils se *mussaient* » (p. 71 ; vieux mot signifiant « se cacher »)...

Les archaïsmes ne se limitent pas au lexique, on les retrouve aussi dans la syntaxe : « ils ne purent travailler longtemps *qu'ils* ne fussent transis » (p. 55). En français moderne, la conjonction de subordination circonstancielle *que* peut s'employer seule, mais cet usage se réduit pratiquement aux seules propositions de but (« Viens ici, *que* je te dise un mot »). En revanche, dans la langue des XVIe et XVIIe siècles, cet emploi est beaucoup plus fréquent. Ces tournures vieillies participent du projet de Pascal Quignard : créer une langue propre à sa fiction, afin d'« inventer » le passé, de le convoquer.

LA SUSPENSION DU TEMPS PAR L'ÉCRITURE

Une autre caractéristique de l'écriture de Pascal Quignard est la recherche du « jadis » (→ PROBLÉMATIQUE 6). Au moyen du langage, il essaie de suspendre le temps, de rompre l'enchaînement chronologique et d'en perturber les représentations habituelles.

Le jeu sur les temps verbaux

À la fin du livre, lors de leur ultime entrevue, Sainte Colombe et Marin Marais jouent ensemble de la viole. Le récit est au passé, mais Quignard y insère un indicatif présent : « C'est ainsi qu'ils jouèrent les *Pleurs*. À l'instant où le chant des deux violes *monte*, ils se regardèrent » (p. 117). Il ne s'agit pas d'un présent de narration, ce « temps » très artificiel qui permet de mettre en relief un événement en le détachant d'un contexte au passé. Dans cette phrase, le présent relève en fait d'une écriture ancrée dans un monde où la musique a le pouvoir effectif de fixer l'instant et de le projeter dans l'éternité. Au regard du projet romanesque de Quignard, ce présent n'est donc pas artificiel, il est au contraire tout à fait naturaliste.

Le travail sur le temps se manifeste surtout par un emploi inhabituel de l'imparfait. En voici un exemple, lorsque Sainte Colombe et Marin Marais s'apprêtent à rendre visite à Baugin : « Ce dernier, comme il regardait Madeleine, ouvrait son pourpoint, ajustait et relaçait son collet de buffle. “C’est à Paris, *disait* Monsieur de Sainte Colombe. – Oui”, lui *répondait* Marin Marais. Ils s’emmitouflèrent » (p. 56). Dans ce passage, « disait » et « répondait » sont surprenants. Appliqués à des actions de premier plan (des répliques), de surcroît brèves (alors que l’imparfait ne décrit pas l’achèvement de l’action), ces imparfaits se substituent à des passés simples. On en trouve d’autres exemples, notamment lorsque Sainte Colombe frappe à la porte de Baugin : « Il frappait le marmot » (p. 59). Si un tel emploi de l’imparfait n’est pas unique en littérature[1], il attire tout de même l’attention. Son rôle consiste à faire durer l’instant, à suspendre le flux temporel.

Les phrases sans verbe

La suspension de la temporalité est également créée par les phrases sans verbe. Privées d’un verbe conjugué, celles-ci ne peuvent en effet décrire le temps : « Le peintre était occupé à peindre une table : *un verre à moitié plein de vin rouge, un luth couché, un cahier de musique, une bourse de velours noir, des cartes à jouer dont la première était un valet de trèfle, un échiquier sur lequel étaient disposés un vase avec trois œillets et un miroir octogonal appuyé contre le mur de l’atelier* » (p. 59-60 ; nous soulignons). On remarque là le rôle de l’énumération, qui renforce l’effet suspensif de la phrase sans verbe. De cette manière, l’écrit se rapproche du tableau, où les choses sont immobiles.

Les détails inutiles

La recherche du « jadis » s’effectue surtout par la profusion de détails incongrus et inutiles. Par exemple, Quignard s’attarde sur l’adresse de M. de Bures, information inutile et dont il ne fera, effectivement, rien (p. 10). Si ce détail ne sert pas à la construc-

1. Lucien Victor en relève plusieurs cas chez Simenon (« Un emploi de l’imparfait de l’indicatif en prose narrative », *Mélanges Pierre Larthomas*, Presses de l’École normale supérieure de jeunes filles, 1985, p. 491-509).

tion du récit, il participe en revanche pleinement de la recherche du temps passé, dans la mesure où il nous met au contact d'un fait historique.

Le détail peut être non seulement inutile, mais aussi redondant : « La lumière qui pénétrait la cabane par la lucarne *qui y était percée* était devenue jaune » (p. 117). La proposition « qui y était percée » délivre une information allant de soi. Elle n'apporte rien à la description, au contraire elle la ralentit. On entrevoit toutefois la fonction de ce ralentissement. Dans des passages comme celui-là, l'auteur fixe notre attention sur des détails appartenant au décor. Il parvient ainsi à figer l'événement dans une sorte de scène visuelle. L'énumération des groupes prépositionnels « sur leur nez, sur leurs joues, sur leurs lèvres » (p. 117) sert elle aussi à ralentir au maximum le récit en s'attardant sur une description détaillée à l'extrême.

Corneau, d'ailleurs, filme cette scène en plan fixe, ce qui est une autre manière de figer le temps, par l'abolition du rythme. De surcroît, en précisant que la lucarne est percée dans les parois de la cabane, l'auteur insiste sur une caractéristique observable du lieu. Il nous invite ainsi à visualiser l'espace, à en faire une sorte de tableau mental.

Le style de Quignard illustre donc bien ses principales préoccupations. L'écriture recherche la musicalité, car la musique est considérée comme un langage parfait (→ PROBLÉMATIQUE 10). Elle tend aussi à corriger l'imperfection de la langue, au moyen d'un travail sur le lexique. Enfin, elle remet en cause la linéarité temporelle, par son pouvoir, finalement assez proustien, de suspendre l'écoulement du temps pour repartir en arrière, vers le « jadis » (→ PROBLÉMATIQUE 6).

9 L'influence de la peinture

Pascal Quignard est fasciné par la peinture. On retrouve cette passion dans *Tous les matins du monde*, où il accorde une place de choix au tableau de Baugin. Pour Alain Corneau aussi, la peinture joue un rôle majeur[1]. Les modèles esthétiques que s'impose son équipe sont, entre autres, les œuvres de Georges de La Tour, de Philippe de Champaigne, et les natures mortes du XVIIe siècle.

LUBIN BAUGIN : UN PEINTRE MONDAIN

Conservé au Louvre, *Le Dessert de gaufrettes* est l'une des quatre natures mortes attribuées à Lubin Baugin[2] (vers 1610-1663). Le tableau apparaît dans le roman et dans le film. Il joue un rôle majeur puisqu'il est intimement lié à Mme de Sainte Colombe.

Un tableau énigmatique

Le Dessert de gaufrettes soulève un double mystère. D'abord, il appartient à un ensemble de natures mortes si différentes des grandes compositions religieuses de Baugin qu'on a longtemps estimé qu'il existait deux peintres portant ce nom. Les recherches récentes ont toutefois prouvé que ces œuvres sont bel et bien de ia main du même artiste. Ensuite, cette nature morte soulève une question

1. « Le film est tricéphale: première tête, le récit de Quignard [...]. Deuxième tête, la musique, dont Jordi a créé tout l'espace et le volume. La troisième, la peinture, présente dans le roman avec Baugin », Alain Corneau, *Projection privée*, *op. cit.*, p. 221.
2. Reçu maître peintre à Saint-Germain-des-Prés en 1629, Baugin séjourne en Italie puis intègre l'Académie royale de peinture avant de connaître un certain succès. Surtout célèbre pour ses natures mortes, il est aussi l'auteur de tableaux religieux (retables pour plusieurs églises parisiennes).

dans le milieu des historiens d'art. Elle semble en effet dépourvue, non seulement de toute référence religieuse, mais aussi des significations symboliques habituelles dans ce type de tableau. Pour certains, elle a une fonction purement décorative, et son auteur l'aurait composée dans un but lucratif. Mais les inventaires montrent qu'on rencontre souvent ces petits tableaux chez les meilleurs amateurs de peinture, collectionneurs éclairés qui ne recherchaient pas de simples images commerciales et décoratives. On s'interroge donc sur la signification réelle de cette nature morte.

Dans son roman, Pascal Quignard lui donne une fonction : *Le Dessert* devient un tableau commémoratif, « invocatif ». Image même de l'invisible, il permet à Sainte Colombe de tisser un lien permanent entre le réel et l'au-delà. Grâce à cette représentation, le musicien établit avec son épouse une relation surnaturelle, mais qui sait rester charnelle (il s'enferme à clef dans sa chambre pour « se donner du plaisir » en contemplant le tableau, p. 39). Le tableau devient ainsi, par métonymie[1], une représentation de la défunte. La toile agit concrètement sur Sainte Colombe, elle le rend plus serein (p. 39). Elle crée un effet de présence. Elle signifie aussi qu'il y a une existence surnaturelle après la mort et que Sainte Colombe y retrouvera son épouse. De fait, à la fin du film, c'est sous la forme d'un fantôme qu'apparaît à son tour le musicien.

La confrontation de deux attitudes

Le récit ne se limite pas à la mention du tableau, il met en scène le peintre. Au chapitre XII, Sainte Colombe emmène son élève rendre visite à Baugin, qui est en train de peindre une vanité. C'est l'occasion pour Sainte Colombe de dénoncer la futilité des choses matérielles (p. 60). Il donne ainsi une leçon de sagesse à Marin Marais. Cette sagesse, formulée par un musicien, et tirée

1. *Métonymie :* figure de style consistant à nommer une chose par le nom d'une autre chose avec laquelle elle est en rapport étroit. Ici, l'épouse est représentée, non par un portrait, mais par l'image du décor où elle se trouvait.

de l'observation du travail d'un peintre, est donc le fruit de deux pratiques artistiques mêlées, la musique et la peinture.

La confrontation entre le musicien et le peintre met aussi en relief la solitude de Sainte Colombe. Celui-ci commente le son du pinceau, qu'il compare à celui de l'archet pour montrer leurs affinités. Mais le peintre le reprend. Il affirme sa différence: « Je crois que vous vous égarez, dit le peintre en riant. J'aime l'or. Personnellement je cherche la route qui mène jusqu'aux feux mystérieux » (p. 61). Cette remarque renforce la singularité de Sainte Colombe, égaré dans un monde avide de luxe et d'argent. Elle fait aussi du peintre un mondain, qui se moque de l'idéal de pureté de Sainte Colombe. Ce que le film souligne par la mise en scène d'un quiproquo. Sainte Colombe, joyeux, rit, croyant que Baugin ne parle pas sérieusement. Ce rire se remarque d'autant plus qu'il tranche avec les comportements habituels du musicien, austère, mélancolique, voire colérique. Baugin adopte, quant à lui, un air grave. Le contraste entre les deux attitudes met en relief l'opposition entre les deux hommes.

Baugin est ainsi l'image vivante de ce qui attend Marin Marais s'il ne suit pas les préceptes de Sainte Colombe. Doué, sensible, mais désireux de s'élever socialement, le jeune Marin risque d'être à la musique ce que Baugin est à la peinture: non pas un véritable artiste, capable de « héler l'invisible », mais une simple marionnette au visage poudré, dont le rôle est de plaire au roi. Et c'est, de fait, ce qui va arriver. Cette visite chez Baugin a donc aussi une fonction d'annonce : elle anticipe sur le destin de Marin Marais (avant son revirement final).

Filmer le tableau

L'un des deux uniques mouvements de caméra du film concerne *Le Dessert de gaufrettes* de Baugin (séquence 6, sous-séquence 2). Le zoom arrière ne traduit pas une émotion, sa fonction n'est pas de filmer un visage ou le déplacement d'un personnage, comme on s'y attendrait, mais un tableau, qui représente des objets immobiles. Le fait de filmer le tableau comme s'il s'agissait d'un sujet vivant a deux conséquences. Cela le personnifie, renforçant l'idée qu'il est une métonymie de la revenante. Cela lui confère aussi une importance singulière. La caméra s'attarde ainsi sur un élément doublement symbolique : cette nature morte est l'expression, d'une part de la relation qu'entretient Sainte Colombe avec sa femme (par le biais de l'art), d'autre part de l'esthétique cinématographique d'Alain Corneau, d'inspiration picturale, en plans fixes.

GEORGES DE LA TOUR : UN PEINTRE DE L'INTIMITÉ

Georges de La Tour[1] (1593-1652) est le sujet d'un essai de Pascal Quignard[2]. Il est aussi une référence esthétique pour Alain Corneau, qui compose chaque plan non seulement « comme si Baugin regardait dans l'objectif pour dessiner les scènes[3] », mais aussi comme si « Georges de La Tour les éclairait à la bougie[4] ».

Le clair-obscur

Peintre provincial, Georges de La Tour prend un certain nombre de libertés par rapport aux conventions picturales de l'époque. Son œuvre se caractérise par un usage très personnel du clair-obscur, technique consistant à établir dans le tableau de forts contrastes entre des parties claires et des parties sombres. Il ne redoute pas de laisser la majeure partie de l'image dans l'obscurité.

Corneau laisse lui aussi une grande partie de l'image dans l'obscurité. Son chef opérateur, Yves Angelo, travaille sur l'ombre, la pénombre, et la magie de la lumière diffuse. « Selon lui, l'obscurité

1. Georges de La Tour peint des tableaux à thème religieux, où il exploite l'éclairage nocturne (la lumière provenant d'une bougie), mais aussi des scènes de genre, tableaux réalistes représentant des musiciens, des mendiants, alors présentées généralement sous un éclairage diurne.
2. Pascal Quignard, *Georges de La Tour*, éditions Flohic, 1991.
3. Alain Corneau, *Projection privée*, *op. cit.*, p. 223.
4. *Ibid.*

et la fixité des plans favorisent la réflexion du spectateur[1]. » Beaucoup de plans jouent sur les effets de clair-obscur. Comme chez Georges de La Tour, l'unique source de lumière est une bougie. Ainsi, Sainte Colombe est cadré près d'une chandelle lorsqu'il se sert un verre de vin dans une cave (séquence 6, sous-séquence 2), quand il est au chevet de son épouse (séquence 1, sous-séquence 2)... L'association fréquente de Sainte Colombe à la flamme d'une chandelle symbolise l'élévation de son âme, la pureté de ses aspirations. Elle suggère aussi que ce personnage serait lié au Saint-Esprit, dont le feu est l'un des symboles (dans l'épisode de la Pentecôte) – au même titre, d'ailleurs, que la colombe.

Certains plans du film sont complètement obscurs, notamment lorsque Sainte Colombe rêve (séquence 6, fin de la sous-séquence 1). L'obscurité signifie notamment la plongée dans l'inconscient (p. 35) et le renoncement aux choses matérielles.

L'intimité

Le cadrage serré est un autre point commun entre la peinture et le film. *La Rixe de musiciens* et *Le Tricheur à l'as de carreau*[2], sont des tableaux centrés sur les personnages, cadrés à partir du buste. Dans le film aussi, pour les scènes de dialogue ou d'échange, les plans américains ou les plans rapprochés buste/taille sont privilégiés (Sainte Colombe/Marin Marais jeune; Sainte Colombe/courtisan). Nombre de scènes nocturnes sont cadrées de cette manière, afin de renforcer l'impression d'intimité. En particulier la scène où le père joue avec ses deux filles et leur professeur, au coin du feu (séquence 1, sous-séquence 2).

1. *Ibid.*, p. 293.

2. Deux tableaux de Georges de La Tour, peints entre 1625 et 1630 pour le premier, et en 1635 pour le second.

La couleur rouge

Cette couleur apparaît constamment dans le roman. Le cahier de Sainte Colombe est rouge (« il ouvrait son cahier de musique *rouge* », p. 20), de même que son vin (« donnez-moi un verre de votre vin de couleur *rouge* », p. 51), sa viole (« le bois *rouge* de la viole[1] », p. 91), et l'arbre dans lequel est bâtie sa cabane (le mûrier est un « arbre qui porte des baies qui se colorent en *rouge* [...] et qui [...] s'écrasent *comme du sang* sous les doigts[2] »). En présence de Sainte Colombe, on rougit : « Pour la première leçon, [...] Marin Marais était [...] confus et *rouge* » (p. 46), à la fin de la leçon il a « la face *rouge* » (p. 48), le fantôme parle de son épouse au vieux musicien « en *rougissant* » (p. 50; nous soulignons).

Marin Marais est aussi marqué par le rouge : c'est « un grand enfant de dix-sept ans *rouge* comme la crête d'un vieux coq » (p. 40), qui « [a] porté la robe *rouge* » de la chantrerie (p. 41), et dont la mue est une « blessure » comparée à la Seine, faite d'une « eau *rouge* » (p. 42), « mêlée à une brume *rouge* » *(ibid.)*... Dans le film, Guillaume Depardieu est vêtu d'un gilet rouge : « Le gilet du jeune Marin Marais est *rouge* Georges de La Tour[3] ».

Sainte Colombe et Marin Marais sont dotés tous deux de cette couleur caractéristique. Ils finissent logiquement, dans les dernières lignes du roman, par échanger... du rouge par le biais du vin et du cahier, qu'ils s'approprient successivement (p. 116). La fusion des deux personnages s'effectue donc sous le signe de la musique, mais aussi sous celui d'une couleur symbolisant l'art spirituel de Georges de La Tour, dont l'influence du clair-obscur intimiste, par cadrages rapprochés, est ici évidente.

---

1. C'est un « instrument rouge foncé comme [les mûres] » (*La Leçon de musique*, *op. cit.*, p. 29-30).

2. *Ibid.*, p. 29. Marin Marais fera plus tard construire un cabinet de musique, réplique de la cabane de Sainte Colombe, dans lequel il disposera « deux tabourets recouverts de velours de Gênes rouge » (*ibid.*, p. 42).

3. Alain Corneau, *Projection privée*, *op. cit.*, p. 223.

L'immobilité ou le choix du plan fixe

Autre point commun entre les deux artistes: l'immobilité. Comme le rappelle Quignard, « tous les personnages qu'a peints Georges de La Tour sont immobiles, divisés entre la nuit où ils s'élèvent et la lueur qui les éclaire en partie[1] ». Corneau choisit le plan fixe pour deux raisons. D'abord, pour que la musique seule rythme le film (l'immobilité des plans devant renforcer la fascination exercée par la musique). Ensuite, pour que son cinéma se rapproche de la peinture. Au moyen de jeux statiques d'ombre et de lumière, les personnages filmés sont proches des figures peintes par Georges de La Tour: Sainte Colombe se versant un verre de vin après son rêve (séquence 6, sous-séquence 2), Marin Marais jouant avec Sainte Colombe un duo final (séquence 17, sous-séquence 2)... sont des représentations filmiques très proches de l'image peinte.

PHILIPPE DE CHAMPAIGNE : UN PEINTRE DE L'AUSTÉRITÉ

Alain Corneau et son équipe empruntent de nombreux éléments à l'esthétique de Philippe de Champaigne[2]. L'équipe s'est d'ailleurs rendue au musée des Beaux-Arts de Caen, où sont conservées un certain nombre de ses œuvres (*Le Vœu de Louis XIII*, *La Samaritaine*).

« Austérité, il n'était qu'austérité... »

L'équipe du cinéaste a d'abord été influencée par la représentation des personnages. Par son austérité, Sainte Colombe ressemble à l'un des jansénistes dont le peintre a fait le portrait (*Portrait d'Arnaud Robert d'Andilly*). L'austérité caractérise aussi les

1. Pascal Quignard, *Georges de La Tour*, *op. cit.* p. 14.
2. Philippe de Champaigne (1602-1674) commence par peindre des fresques historiques et mythologiques (dôme de la chapelle de la Sorbonne). Puis il devient le portraitiste officiel de Richelieu et de Louis XIII. À partir de 1646, très affecté par la mort de sa femme et de plusieurs de ses enfants, il se tourne vers le jansénisme et devient le peintre de Port-Royal où s'était retirée sa dernière fille. Il est l'un des premiers membres de l'Académie royale de peinture créée en 1648.

situations. Lorsque Philippe de Champaigne décide de représenter la guérison de sa fille dans l'œuvre intitulée *L'Ex-voto* (1662)[1], son choix ne s'arrête pas sur les scènes les plus dramatiques, les plus impressionnantes (premiers pas de la malade recouvrant l'usage de ses jambes, etc.), mais sur un instant de prière, celui de la mère Agnès et de la fille du peintre la veille du miracle. La prière, moment de recueillement, est privilégiée parce que le contact de la créature et de son Créateur est plus important que n'importe quel autre élément du miracle. Il s'agit ainsi de renvoyer le spectateur à Dieu.

Dans le film, Sainte Colombe, au chevet de sa défunte épouse, refoule son chagrin. Après le suicide de sa fille, on le voit dépérir, mais aucune scène dramatique ne le montre submergé par son émotion. Le parti pris d'un jeu austère s'étend aux autres personnages : Madeleine souffre d'être rejetée par Marin mais n'en laisse rien paraître, le jeune Marin Marais est brisé d'avoir été renvoyé de la chantrerie mais il exprime sa souffrance sans emphase… Seul le jeu de Gérard Depardieu, dans le récit cadre, contraste avec cette pudeur. Mais l'émotion est là une nécessité dramatique au service de l'action : c'est elle qui fait naître le récit biographique.

Des compositions géométriques

Pour composer ses tableaux, Philippe de Champaigne utilise des architectures linéaires. Les personnages s'inscrivent dans des triangles, qui se répondent, ou dans des rectangles. Dans un tableau, *Saint Arsène devenu ermite* (1633), le personnage occupe la partie gauche du tableau, s'inscrivant dans un rectangle parfaitement symétrique au rectangle de droite qui délimite le paysage. Dans la séquence 6 (sous-séquence 2) du film, une image est construite de la même façon : lorsque l'on voit le personnage de dos, le mur de la cabane et la table occupent la partie droite de l'image – partie qui s'inscrit dans un rectangle ; la partie gauche nous présente le dos

1. *L'Ex-voto* (1662) fait référence à la guérison miraculeuse de la fille du peintre.

de Sainte Colombe, qui s'inscrit également dans un rectangle. Dans cette composition, l'une des poutres de la cabane fait d'ailleurs office d'axe de symétrie. De telles compositions ont souvent une fonction symbolique ((→ PROBLÉMATIQUE 5).

La peinture, comme la musique, est une ressource artistique majeure pour le romancier et pour le cinéaste. Les tableaux de Baugin, Georges de La Tour et Philippe de Champaigne sont des modèles esthétiques pour le cinéaste. Quant à l'écrivain, il utilise la peinture comme un support de réflexion sur l'au-delà et la vanité.

10 Au cœur du projet : la musique

Tous les matins du monde est un roman incomplet. Il lui manque une dimension essentielle, qui occupait l'esprit de Pascal Quignard pendant qu'il l'écrivait : la musique. Le film apporte donc au roman sa partition musicale. Mais la musique baroque n'est pas un simple fond sonore. Elle apparaît comme un langage parfait, capable de divertir et de consoler.

LA MUSIQUE SELON QUIGNARD

Pascal Quignard accorde à la musique une place fondamentale (→ PROBLÉMATIQUE 1). Selon lui, elle constitue un langage idéal, beaucoup plus fiable que la langue maternelle, qui ne traduit qu'imparfaitement nos sentiments. En outre, elle peut consoler et compenser des manques.

Un langage idéal

Dans *Tous les matins du monde*, le dernier dialogue des deux personnages livre en partie les clés du rôle et du sens de la musique chez Quignard (p. 112-114) : « La musique est simplement là pour parler de ce dont la parole ne peut parler » (p. 113). La musique est donc un langage unique, qui exprime ce que les mots sont incapables de dire. Elle seule peut exprimer la souffrance de la perte de l'épouse.

Le langage de la musique, parce qu'il n'est pas une langue, permet de dire plus profondément, et avec plus de fidélité, les mystères de l'âme humaine. D'où l'insistance avec laquelle les personnages de Quignard remplacent la parole par la musique. « La musique aussi est une langue humaine », dit Sainte Colombe (p. 63), et la femme de Sainte Colombe déclare à son mari: « Comme vous ne savez pas parler! [...] Jouez » (p. 91). La musique ne s'oppose pas tant à la parole qu'elle ne la remplace, plus efficacement: « La musique est simplement là pour parler de ce dont la parole ne peut parler » (p. 113). La parole est donc non pas le contraire de la musique, mais son inférieure. Sainte Colombe explicite cette idée au fantôme: « La parole ne peut jamais dire ce dont je veux parler et je ne sais comment le dire... », dit-il, avant de montrer sa cabane et d'ajouter: « Voilà la cabane où je parle! » (p. 79).

Une consolation

Mais la musique est aussi une consolation pour l'homme qui perd sa voix au moment de la mue. Elle permet de retrouver la qualité de la voix perdue – cette voix de soprano proche de l'univers féminin de la mère. C'est au contact de la musique jouée par son maître que Marin Marais peut espérer renouer avec la part d'enfance qu'il a perdue, car la viole de Sainte Colombe a le pouvoir d'imiter la voix humaine. Cette idée importante clôt le premier chapitre (p. 12-13).

La musique donne à entendre la voix perdue de l'enfant mais aussi la voix de la mère. Car la voix d'avant la mue est celle qui « [lie] le corps [de l'enfant] à la langue maternelle [...], à la voix de la mère[1] ». La musique étant comme la voix de la mère perdue, elle peut aussi en compenser l'absence. C'est l'une des significations possibles des apparitions du fantôme de Mme de Sainte Colombe, qui n'est pas seulement l'épouse mais aussi la mère[2]. Les rencontres entre Sainte Colombe et sa femme ne s'effectuent en effet que sur le mode de la parole. Aucun contact physique n'est possible. Cela accrédite l'idée que la musique rend présente, non une enveloppe corporelle, mais une voix, un souffle (→ PROBLÉMATIQUE 7).

1. *La Leçon de musique*, *op. cit.*, p. 33.
2. C'est d'ailleurs en tant que figure maternelle que Mme de Sainte Colombe apparaît dans le souvenir qui précède sa première apparition: « Il songeait à sa femme, [...] aux conseils avisés qu'elle lui donnait quand il les lui demandait, à ses hanches et à son grand ventre qui lui avaient donné deux filles qui étaient devenues des femmes » (p. 34-35).

LA MUSIQUE BAROQUE

Le mot *baroque* vient du portugais *barroco*, qui signifie « perle de forme irrégulière ». D'abord péjoratif, le mot qualifiait l'architecture italienne. Mais, dans les années 1950, cette connotation a disparu, et le mot a désigné un courant artistique. Le courant baroque (1600-1750) a concerné aussi bien l'architecture, la sculpture ou la peinture, que la littérature ou la musique.

Qu'est-ce que la musique baroque ?

La musique baroque est une musique européenne représentée en particulier par Bach, Vivaldi et Haendel. Les deux pays où cette musique s'émancipe le plus sont l'Italie et la France. C'est à cette période que la musique instrumentale naît véritablement. Auparavant, la musique accompagnait toujours des voix. Mais, au XVIIe siècle, elle élabore ses propres structures et se passe progressivement des voix.

La principale caractéristique de la musique baroque est la basse continue. C'est un rythme, une cadence continuelle, simple et régulière, construite la plupart du temps autour d'un ou deux solistes. Il y a très peu de nuances sonores (rares sont les changements et les contrastes de dynamique). Pendant cette période naissent des genres comme l'opéra (œuvre théâtrale destinée à être chantée sur scène et accompagnée de musique), la sonate (composition instrumentale à plusieurs mouvements, à l'origine de la symphonie), et le concerto de soliste (qui oppose un soliste à tout un orchestre). Des divers types de compositions baroques, ce sont les musiques religieuse (messes, motets[1]) et instrumentale que l'on retrouve dans le film d'Alain Corneau. La musique lyrique (opéra, tragédie lyrique, opéra-ballet) en est absente.

1. *Motet:* composition musicale datant du XIIIe siècle, à une ou plusieurs voix, avec ou sans musique, écrite en latin.

La place de Sainte Colombe et de Marin Marais

Pendant la période baroque, le compositeur a peu de liberté. Il est considéré comme un artisan, non comme un artiste libre. C'est le « serviteur » d'un maître, du roi, ou de l'Église. Il écrit de la musique sur commande et ne se donne pas d'objectifs purement esthétiques. De plus, le pouvoir royal exerce un contrôle absolu sur ses académies de danse et de musique, et détient le monopole de l'édition musicale. Lully, surintendant de la musique royale, contrôle toute la production de l'époque. Dans ce contexte, Sainte Colombe fait figure de rebelle. Loin des honneurs de la cour et de ses commandes, il crée une musique personnelle. Marin Marais, quant à lui, est un personnage intermédiaire, recherchant à la fois les honneurs de la cour et l'idéal de virtuosité de son maître.

Conformément à ces deux attitudes face à la cour, la musique de Sainte Colombe ne ressemble pas à celle de Marin Marais. La musique de ce dernier est moins originale que celle de son maître. C'est la plus représentative des goûts de son époque. Violiste le plus célèbre de son temps, il compose des opéras (*Alcide*, 1693; *Sémélé*, 1702), des pièces pour viole (motets, tombeaux[1]), des trios et des pièces publiés dans cinq livres. Il se situe dans la lignée de Lully. Sainte Colombe, lui, prend plus de libertés avec la norme musicale. Et notamment, il innove : il ajoute une septième corde à la viole, et il est probablement le premier violiste français à utiliser « le coulé de doigt » (*glissando*) de façon intensive. Une autre technique caractéristique de Sainte Colombe est l'utilisation des notes rapides (souvent sur les cordes graves). Ses contemporains le mentionnent comme un virtuose d'une dimension exceptionnelle. Jouer son répertoire relève du défi, tant ses œuvres sont difficiles.

---

1. *Tombeau :* composition musicale en hommage à un grand personnage ou à un collègue musicien, écrite aussi bien de son vivant qu'après sa mort.

LES CHOIX POUR LE FILM

La musique baroque est l'un des sujets principaux du film. Les pièces choisies occupent une véritable place au sein du récit filmique, traduisant des émotions et soulignant des thématiques.

La musique religieuse

Une seule pièce religieuse figure dans le film. Il s'agit d'une composition de François Couperin[1]. Les messes pour orgue et les « Leçons de Ténèbres pour le Mercredi saint » l'ont rendu célèbre. L'œuvre religieuse choisie pour le film est issue de ce répertoire; il s'agit de la *Troisième Leçon de ténèbres à deux voix*. On l'entend lorsque Sainte Colombe joue pour l'office des Ténèbres dans la chapelle de l'hôtel de Mme de Pont-Carré (p. 77). Dans la séquence 12, l'épouse apparaît et raccompagne le musicien. C'est un moment particulièrement émouvant: la visitation a lieu en dehors de la cabane, pour suggérer que le deuil du personnage est impossible, le fantôme le suivant partout. La musique fait écho à cette mélancolie. Elle était jouée, à l'origine, lors des offices consacrés au deuil et à la souffrance (durant les offices des Ténèbres, l'Église s'apitoie sur les péchés des hommes et compatit aux tourments du Christ).

La musique instrumentale

Plusieurs types de compositions appartiennent à la catégorie instrumentale: les compositions gaies, qui divertissent le roi et la cour, et les compositions mélancoliques, qui traduisent un état d'âme et consolent.

1. François Couperin (1668-1733), grand maître du clavecin au XVIIIe siècle, est aussi un organiste réputé, titulaire, comme l'était son père, de la tribune de Saint-Gervais, à Paris. En 1695, il devient organiste de la Chapelle royale puis, en 1717, claveciniste du roi. Auteur de musique de chambre, de musique religieuse (*Trois Leçons de ténèbres*), il est surtout resté célèbre pour sa musique pour clavecin (plus de 240 pièces).

Les compositions joyeuses

Sainte Colombe illustre ce genre avec *La Gavotte du Tendre*, qu'il enseigne à Madeleine (séquence 4), et *Le Retour*, joué pour le concert (séquence 5). Ces compositions soulignent la joie du père qui transmet son art à ses filles. Elles renvoient aussi à une période sereine dans la vie des Sainte Colombe, alors que les filles sont encore jeunes et grandissent dans la paix du foyer familial (p. 33).

Ces compositions sont assez éloignées de la grandiloquence des pièces de Jean-Baptiste Lully[1] (1632-1687). En 1669, ce dernier compose « La Marche pour la cérémonie des Turcs » destinée au *Bourgeois gentilhomme*. On en entend un extrait dans le film, lorsque Toinette vient demander à Marin Marais de quitter Versailles pour se rendre auprès de Madeleine (séquence 15, sous-séquence 3). Marin n'est pas encore au sommet de sa gloire, mais il a déjà obtenu la reconnaissance de Lully. La direction d'un orchestre, dans le film, fait valoir son ascension sociale. L'utilisation d'une pièce musicale connue du public suggère sa renommée. Cette mise en situation du musicien, dans un somptueux décor, luxueusement vêtu, renforce le contraste avec Madeleine, mais aussi avec l'austérité de Sainte Colombe.

Des œuvres de Marin Marais figurant dans le film relèvent aussi de la musique de divertissement : *L'Improvisation sur les folies d'Espagne* et *L'Arabesque*, jouées lors de la première rencontre avec Sainte Colombe, et *Le Badinage*, que l'on entend lors du premier baiser (fin de la séquence 10).

Les compositions mélancoliques

D'autres pièces de musique instrumentale figurent dans le film. Elles relèvent d'un autre registre, plus mélancolique. Il s'agit notamment du *Tombeau des regrets*, qui figure à la fin des séquences 2, 3 et 6 (sous-séquence 1), lorsque Sainte Colombe joue seul dans sa

1. Ce compositeur d'origine italienne domine l'ensemble de la vie musicale à l'époque du Roi-Soleil. À partir de 1664, il crée avec Molière le genre de la comédie-ballet.

cabane, et à la fin du film, avec Marin Marais (séquence 17). C'est une pièce musicale majeure, qui ponctue le film, en donne le ton, exprimant la mélancolie du personnage.

La Rêveuse de Marin Marais relève aussi de ce registre. Cette pièce symbolise les illusions de Madeleine. Elle est jouée lors de la rupture amoureuse (fin de la séquence 13), lorsque Madeleine jette les chaussures dans le feu (séquence 15, sous-séquence 1), quand Marin Marais joue avant le suicide de la jeune femme (séquence 15, sous-séquence 5), et à la fin du film (séquence 18).

La musique joue un rôle de premier plan dans le film, où il s'agit moins de transposer le roman au cinéma que de lui conférer, au moyen des partitions interprétées par Jordi Savall, sa pleine dimension sonore. Autrement dit, de conduire le texte à sa complétude.

11 Les trois axes de la relation amoureuse

Au premier rang des sources d'inspiration du film figurent le récit de Quignard et ses obsessions. Parmi ces dernières, on trouve le corps des femmes : d'abord le corps « dévasté » de Madeleine; ensuite, celui, « sensuel », de Toinette; enfin, le corps « immatériel » du fantôme de Mme de Sainte Colombe[1]. Ces trois corps féminins sont les axes autour desquels s'ordonnent les divers aspects de la relation amoureuse dans *Tous les matins du monde*.

LE CORPS DÉVASTÉ

La relation amoureuse entre Marin Marais et Madeleine est univoque : les sentiments du jeune homme n'égalent pas ceux de Madeleine. Cette absence de réciprocité rend la relation, d'une part discrète, d'autre part destructrice. Madeleine devient un corps « dévasté ».

Une relation discrète

Il est frappant de constater que le roman, qui porte en partie sur la relation amoureuse entre Madeleine et Marin Marais, accorde si peu d'importance à l'expression des sentiments de ces deux personnages. On ne trouve aucun développement sur la naissance et la progression du sentiment amoureux. Dès la première arrivée du jeune homme chez les Sainte Colombe, tout juste apprend-on que Madeleine « le trouva très beau » (p. 41). L'amour est décrit de

1. Alain Corneau, *Projection privée*, *op. cit.*, p. 221.

manière indirecte : lorsque Sainte Colombe brise la viole du jeune homme, c'est uniquement parce que les deux jeunes gens s'enlacent en pleurant que nous comprenons leurs sentiments (p. 68).

L'amour est en général décrit par petites touches, au moyen de simples détails. Quand Marin Marais se présente pour sa deuxième leçon, le récit évoque les « joues roses » de Madeleine, ses « seins », sa « nuque rose » avec ses « petits poils ébouriffés » (p. 52). Cette description semble reproduire le point de vue de Marin, dont le regard glisserait d'un point à l'autre du corps de Madeleine, mais sans que l'on apprenne quoi que ce soit de ses sentiments. Lorsque Madeleine déclare à son père qu'elle aime le jeune homme, et qu'ils pensent à se marier (p. 72-73), nous sommes confrontés à un point culminant de la relation, sans pour autant avoir assisté à son évolution.

Le caractère allusif de cette relation amoureuse va de pair avec son absence de réciprocité. Si elle progresse cachée, à l'écart du lecteur, c'est parce que Marin Marais, sur ce plan-là, n'a pas grand-chose à dire : d'une façon générale, il ne semble pas éprouver beaucoup d'amour pour Madeleine. Lorsqu'il embrasse la jeune femme, on a l'impression que c'est moins par amour que sous l'effet du chagrin d'avoir perdu sa viole (p. 70). Il la caresse, mais distraitement, lors d'une conversation avec Sainte Colombe, sans que ce geste s'accompagne de sentiments visibles (p. 73). La tiédeur de l'amour de Marin pour Madeleine est particulièrement montrée dans la scène du film au cours de laquelle les deux jeunes gens écoutent jouer Sainte Colombe, cachés sous la cabane : Madeleine embrasse Marin avec ferveur, mais celui-ci a le regard perdu dans le lointain, fasciné uniquement par ce qu'il entend (séquence 11, sous-séquence 1).

Une relation dévastatrice

L'amour de Marin Marais pour Madeleine relève surtout de la pulsion. Son caractère soudain est rendu par la phrase brève : « Ils s'aimèrent » (p. 71). Cette soudaineté annonce la violence de leur rupture. Marin quitte Madeleine brutalement, au seul prétexte qu'il ne la désire plus. Le chapitre XVIII, qui relate cette rupture, est le plus court du roman. Cette brièveté met en avant la violence de l'acte: « Je vous quitte » (p. 86). Marin Marais, lucide, voit la férocité de sa décision: « La vie est belle à proportion qu'elle est féroce, comme nos proies » (p. 87). La comparaison avec la chasse assimile ses émotions amoureuses à un instinct animal. La perte de son désir, évoquée dans une description crue et brutale (« je n'[ai] plus rien au bout de mon ventre pour vous », p. 86), témoigne du caractère fulgurant et éphémère du désir sexuel.

Face à cette brutalité, Madeleine dépérit. Devenue « sèche », elle n'est plus qu'« os » (p. 103), son visage est « osseux » (p. 95). Le chapitre XIX est consacré à la langueur qui s'empare d'elle. Dans le film, où Anne Brochet, alitée, a le visage blanc, les yeux creusés, la maladie du personnage est montrée de façon très expressive, de façon à insister sur la « dévastation » du corps de Madeleine. L'ironie tragique de la situation est que la jeune femme est enceinte. Cette ironie est soulignée dans le roman par l'emploi de l'adjectif « grosse » (p. 88), qui signifie le fait de porter un enfant, mais qui forme ici une antithèse dramatique avec « maigre » dans la phrase précédente (Madeleine « tomba malade et devint si maigre qu'elle s'alita »). Il crée aussi un contraste terrible entre le corps de Madeleine et celui, sensuel et rebondi, de Toinette, que préfère en fin de compte Marin Marais.

LE CORPS SENSUEL

Corps « sensuel », Toinette, à bien des égards, est l'antithèse de Madeleine (→ PROBLÉMATIQUE 4). Enfants, face aux colères de leur père, l'aînée restait silencieuse et passive, alors que la cadette se rebellait. Le contraste entre les deux sœurs se manifeste clairement au plan amoureux. Toinette incarne un type de femme tourné vers l'expression des sentiments et la séduction.

Toinette, la séductrice

Lorsque Sainte Colombe demande à Marin Marais s'il compte épouser sa fille aînée, celui-ci se contente de répondre qu'il ne peut pas encore se prononcer. La peine de Madeleine s'exprime alors uniquement par le mouvement de son visage, qu'elle « détourne » (p. 73). Le plus intéressant est dans ce qu'elle dit: « Toinette est chez le luthier. » Déclaration *a priori* incongrue, car il n'est pas question de sa sœur dans la conversation. Mais, en réalité, tout est là: si Marin Marais ne se décide pas à épouser Madeleine, c'est qu'il est attiré par Toinette.

Le chapitre XVI montre comment le jeune homme passe d'une fille à l'autre. Madeleine lui a présenté ses seins. Marin Marais, écrit Quignard, « ne put qu'y jeter son visage » (p. 82). Il ne peut pas faire autrement: il est mû par une obligation qui le pousse à se « jeter » sur Madeleine. Ensuite, Marin rencontre Toinette, qui a envers lui la même attitude. Mais il rit, puis l'embrasse. Or c'est là qu'une contrainte devrait peser sur lui: il devrait repousser Toinette, puisqu'il est déjà engagé envers Madeleine. Mais il cède à son plaisir. Le parallélisme des situations (attitudes des deux sœurs et de Marin) met en relief la préférence de Marin pour Toinette.

Celle-ci a volontairement séduit Marin: avant de lui demander comment il la « trouve », elle l'a arrêté en le prenant « par le bras » alors qu'il passait devant elle. Comment parvient-elle à cette séduction? En usant de son corps. Le chapitre XVII met en scène les amants que sont devenus Marin Marais et Toinette. Toute la description est axée sur les rondeurs de Toinette, dont la poitrine et les « cuisses » sont rebondies. Séduit par une jeune femme « ronde et épaisse », Marin Marais se comporte à l'égard de l'amour comme avec les valeurs sociales: il est attiré par la quantité, par ce qui se voit et s'exhibe. Avec le sexe comme avec l'argent, il cherche la profusion, l'abondance. Le chapitre XIX rappelle d'ailleurs qu'il a eu dix-neuf enfants. Madeleine, qui « va devenir maigre » (p. 85) sous l'effet du chagrin, ne peut dès lors que lui répugner. Dans le film, le choix des comédiennes et leurs costumes respectifs (décolleté visible de Carole Richert) mettent en valeur ces différences physiques.

La pulsion charnelle

Dans l'œuvre de Pascal Quignard, la sexualité est toujours une pulsion soudaine, animale. La brève liaison entre Toinette et Marin Marais illustre parfaitement ce caractère pulsionnel. Au chapitre XVII, Marin Marais se laisse séduire par Toinette. Le fait qu'il ait « l'air égaré » (p. 84) montre la force de la pulsion sexuelle. Le personnage ne parvient plus à se contrôler. C'est un sentiment vif et soudain qui s'empare de lui. La fulgurance de l'amour est d'ailleurs traduite dans l'écriture même du passage : l'acte sexuel n'est pas évoqué.

LE CORPS IMMATÉRIEL

Par contraste avec le caractère éphémère des relations amoureuses vécues par ses filles, Sainte Colombe vit un amour durable avec sa femme, un corps « immatériel ». Mais ce contraste est dramatique, car la relation consiste ici à s'unir avec un fantôme.

Un corps fait de vent

Paradoxalement, alors qu'elle n'est qu'un fantôme, le corps de Mme de Sainte Colombe occupe une grande importance dans le roman. Lors de sa première apparition, elle effectue des actes corporels. Elle se déplace, contournant le pupitre, s'asseyant sur le coffre, des larmes coulent sur ses joues... Après son départ, Sainte Colombe découvre une gaufrette rongée (p. 37). Un jour, avant de la voir, c'est son « corps » qu'il sent à ses côtés (p. 49). Le fantôme porte des vêtements et des bijoux différents selon ses apparitions (p. 77). Pourtant, Mme de Sainte Colombe déclare à son mari qu'elle n'est constituée que de vent (p. 91). Ce paradoxe a une fonction dramatique : il suggère que, si Mme de Sainte Colombe est présente par-delà la mort, elle est foncièrement absente, donc inaccessible. Le musicien finit par déclarer au fantôme qu'il « souffre » de ne pas pouvoir « le toucher » (p. 90).

Une union éternelle

Le paradoxe devient plus cruel quand on apprend que Sainte Colombe continue d'aimer éperdument sa femme. Il « vivait un amour que rien ne diminuait » (p. 77), les draps du lit conjugal « ne sont pas encore froids » (p. 80), il mène « une vie passionnée » en « hélant une chose invisible » (p. 74). Avant d'être un moyen de communiquer avec la défunte, sa viole sur laquelle, dans le film, est sculptée une figure mortuaire féminine, est donc un substitut de l'épouse absente.

Outre le langage musical, un autre moyen, pour Sainte Colombe, d'entretenir une relation avec sa femme consiste à ressembler à un mort. On remarque en effet que le corps du musicien, tout matériel soit-il, n'est pas vraiment animé par la vie. Il est « très maigre », son teint est « jaune », son regard est « fixe », ses lèvres sont « serrées l'une sur l'autre », il tient « son dos très droit » (p. 15). Quant à ses mains, elles sont émaciées, « jaunes », « desséchées » (p. 91). Cette maigreur est proche de la mort. La couleur du teint de Sainte Colombe, la rigidité de son corps et de son regard, le rapprochent d'un cadavre. Il a, en quelque sorte, choisi l'immatérialité pour entretenir sa relation amoureuse.

Dans *Tous les matins du monde*, les relations amoureuses s'ordonnent autour de trois types de femmes : la femme fragile, la séductrice et la femme fantôme. L'amour est source de souffrance quand il n'est pas réciproque (Marin/Madeleine) ; sinon, il peut apporter une jouissance éphémère (Marin/Toinette), voire éternelle (Sainte Colombe/sa femme).

Achevé d'imprimer en France par CPI Bussière
Dépôt légal : 94469 7/01 — Août 2010.
N° d'impression : 102172/1.

Bibliographie

OUVRAGES DE PASCAL QUIGNARD

- QUIGNARD Pascal, *Georges de La Tour*, éditions Flohic, 1991.
- QUIGNARD Pascal, *La Haine de la musique*, Gallimard, Folio, 1997.
- QUIGNARD Pascal, *La Leçon de musique*, Gallimard, Folio, 2002.

ÉTUDES SUR PASCAL QUIGNARD

- BLANCKEMAN Bruno, *Les Récits indécidables: Jean Échenoz, Hervé Guibert, Pascal Quignard*, Presses universitaires du Septentrion, 2008.
- EYRIES Alexandre, « Pascal Quignard: la voix du silence », *Loxias*, n° 14, 2006.
- FISETTE Jean, « Faire parler la musique... à propos de *Tous les matins du monde* », *Protée*, vol. 25, n° 2 (automne 1997), p. 85-96.
- LAPEYRE-DESMAISON Chantal, *Pascal Quignard le solitaire*, éditions Flohic, coll. « Les Singuliers littérature », 2001.
- RABATÉ Dominique, *Pascal Quignard*, Bordas, 2008.

OUVRAGES SUR ALAIN CORNEAU

- CORNEAU Alain, *Projection privée. Souvenirs*, Paris, Robert Laffont, 2007.
- *Les Cahiers du cinéma*, n° 451, 1991.

FILMOGRAPHIE SÉLECTIVE D'ALAIN CORNEAU

Voici une sélection de quelques-uns des films d'Alain Corneau où la musique occupe une place importante.

- *France société anonyme*, 1974.
- *Série noire*, 1979.
- *Le Choix des armes*, 1981.
- *Fort Saganne*, 1984.
- *Le Môme*, 1986.
- *Nocturne indien*, 1989.
- *Tous les matins du monde*, 1991.